Paul Peppers Salonwagen
Grill
Grüne Idylle
eh

Felix Huby

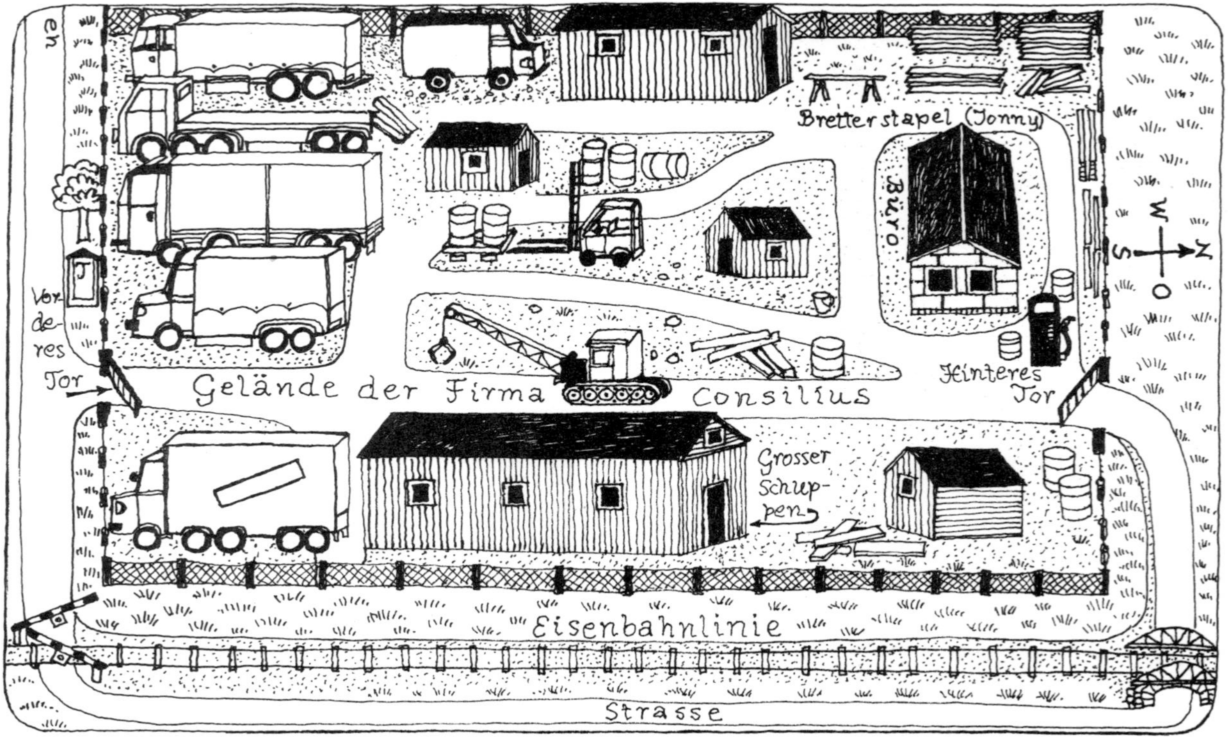
Gelände der Firma Consilius
Bretterstapel (Jonny)
Büro
N
W
O
S
Hinteres Tor
Vorderes Tor
Grosser Schuppen
Eisenbahnlinie
Strasse

Felix Huby

Paul Pepper und das schleichende Gift

Franckh'sche Verlagshandlung
Stuttgart

Zwei Zeichnungen von Eva Hohrath

Umschlagtypographie und -illustration von Atelier Held + Rieger, Fellbach

CIP-Kurztitelaufnahme der Deutschen Bibliothek

Huby, Felix:
Paul Pepper und das schleichende Gift / Felix Huby. –
Stuttgart : Franckh, 1984.
ISBN 3-440-05365-2

Franckh'sche Verlagshandlung, W. Keller & Co., Stuttgart / 1984

ISBN 3-440-05365-2 / L 9sl H ha
Printed in Czechoslovakia / Imprimé en Tchécoslovaquie
Satz: G. Müller, Heilbronn
Gesamtherstellung durch Artia, Prag

Paul Pepper und das schleichende Gift

Die Hauptpersonen

Paul Pepper, 58. Der Privatdetektiv wohnt in einem alten Salonwagen der früheren Reichsbahn. Die seltsame Behausung steht mitten in einem Garten – die *Grüne Idylle* genannt. Pepper ist früher einmal zur See gefahren – siebzehn Jahre lang und mindestens zwanzigmal rund um den Erdball. Eine Zeitlang war er auch bei der Polizei, aber dort hatte man ihn nicht behalten wollen, weil seine Methoden ziemlich ungewöhnlich waren. Jetzt arbeitet er als Privatdetektiv. Doch es ist nicht einfach für ihn – junge, fixere Kollegen schnappen ihm immer wieder die dicksten Brocken weg. Indessen sind da noch Pit, Jonny und Arnica, und mit ihnen gemeinsam ist Pepper jeder Konkurrenz, manchmal sogar der Polizei, überlegen.

Peter Küster, genannt Pit, ist ein ruhiger, nachdenklicher Junge von 16 Jahren. Seine Eltern sind geschieden. Seitdem lebt Pit mit seiner Mutter allein und muß eine ganze Menge Verantwortung tragen. Seine besonderen Leidenschaften sind Fotografieren und Kajakfahren. Sein Boot hat er sich selber gebaut. Für sein Alter ist Pit ziemlich stark. Er ist ein guter Sportler, aber er ist nicht sehr redegewandt.

Arnica, 14. Ihre Eltern nennen Arnica einen ›Teufelsbraten‹. Sie hat hauptsächlich Unsinn im Sinn und ist – so gesehen – das ganze Gegenteil von Pit. Arnica wohnt nicht weit von Pepper und Pit, allerdings in einer Gegend, in der Einfamilienhäuser und schicke Bungalows stehen. Ihr Vater ist ein hohes Tier beim Gericht und schon deshalb mit den Extratouren seiner Tochter nicht einverstanden. Arnica besucht nicht nur die gleiche Schule wie Jonny, sie geht auch noch in die gleiche Klasse.

Jonny, 14. Er ist der umtriebigste im Team. Immer auf Achse, immer am Reden und Rechnen. Er führt die Geschäfte, stellt Kontakte her, horcht Leute aus, erfindet Tricks, sprudelt über vor Einfällen und schießt regelmäßig übers Ziel hinaus. Sein Vater ist Journalist und Schriftsteller, seine Mutter hat eine kleine Galerie, und da beide Eltern immer unglaublich beschäftigt sind, hat Jonny viele Freiheiten, die er weidlich ausnutzt. Er ist der Clown und das Mitglied der Truppe, das die anderen immer wieder aufrichtet, wenn sie ihre Köpfe hängen lassen. Jonnys Vater (Jonny heißt übrigens bürgerlich Johannes) ist ein vielbeschäftigter Mann. Doch wenn ihn die Kinder einmal brauchen, stellt er sich immer als Berater zur Verfügung. Manchmal springt dabei natürlich auch eine Geschichte für seine Zeitung heraus.

Frau Küster ist Pits Mutter, eine ruhige, liebenswerte Frau, bei der man immer Rat und Zuflucht findet.

Kriminalhauptkommissar Rübenach, von den Kindern **Rübezahl** genannt, ist ein ziemlich grobschlächtiger Typ, nicht unsympathisch, von rauhbeiniger Herzlichkeit. Doch gegen Privatschnüffler hat er etwas. Für ihn kommt es gar nicht in Frage, daß andere sich in die Arbeit der Polizei einmischen. Und wenn sie dann womöglich noch erfolgreicher sind als er selbst, wird er fuchsteufelswild.

Marie Luise Scheringer, 81, Kioskbesitzerin und Märchenerzählerin. Sie betreibt ihren kleinen Laden, in dem es von Lakritzstangen bis zum Kunstdünger alles gibt, in einer ehemaligen Baracke. Der Holzschuppen ist völlig mit Efeu eingewachsen. Seit 14 Jahren will die Stadt an dieser Stelle einen Verwaltungsbau errichten, aber Frau Scheringer, die von allen liebevoll nur ›Die Alte‹ genannt wird, hat sich bisher erfolgreich widersetzt, wobei ihr Jonnys Vater kräftig geholfen hat. Für ›Die Alte‹ gibt es nichts Schöneres als einen neuen Fall. Dann lebt sie unheimlich auf, kombiniert, denkt mit, hat überraschende Ideen, ganz wie ihr Vorbild Miß Marple, der sie leider nicht nacheifern kann, weil sie nicht mehr gut genug zu Fuß ist.

Unfall im Wald

»Laßt mich doch in Ruhe mit eurem Kleinkinderkram!« Pit lag auf dem Rücken und blinzelte in die Sonne.
»Spielverderber«, rief Jonny.
Arnica, die bereits ein Stück weit gelaufen war, drehte sich um. »Laß ihn doch, Herr Peter Küster ist eben schon zu erwachsen fürs Versteck spielen.«
Pit richtete sich auf die Ellbogen auf. »Also ehrlich, ich habe das letzte Mal Verstecken gespielt, als ich zehn Jahre alt war.«
»Dann schlag' etwas anderes vor!« meinte Jonny.
»Ich ruhe mich nur noch eine Weile aus, dann bringe ich das Kanu zu Wasser, du traust dich ja nicht.«
»Jeder weiß, wie gefährlich die Bergener Aach ist«, entgegnete der Jüngere. »Wenn ich so fahren könnte wie du...?«
»Kannst du mich nicht mitnehmen?« fragte Arnica.
»Ausgeschlossen! Zu guter Letzt ertrinkst du mir noch!«
Die drei Freunde sahen sich etwas ratlos an. Eigentlich hatten sie beschlossen, den Sonntag gemeinsam zu verbringen, doch jetzt stellte sich heraus, daß jeder andere Vorstellungen gehabt hatte.
»Wie lange brauchst du denn?« wollte Arnica wissen.
»In einer halben Stunde bin ich unten an der Mündung. Dort lasse ich mein Boot und fahre dann mit dem Bus zurück. Alles in allem benötige ich nicht länger als eineinhalb Stunden.«
»Dann können wir ja solange zur Ruine gehen«, schlug Arnica vor.
Jonny nickte nur. Er ärgerte sich über Pit. Aber so war der Ältere manchmal. Wenn er sich etwas in den Kopf gesetzt hatte, führte er es auch durch. Und dabei nahm er herzlich wenig Rücksicht auf die anderen.
Pit stand auf und streckte sich. »Hilfst du mir?«
Jonny schüttelte den Kopf. »Ich denke ja nicht dran!«
»Na, dann eben nicht!« Der ältere Junge zuckte die Achseln und zog das schlanke Polyesterboot zum Flußufer hinunter.

»Ich helfe dir!« rief Arnica.
»Nein danke, spielt ihr mal Verstecken!« Pit wuchtete das Kanu ins Wasser und stieg, das Doppelpaddel in der Hand, hinein.
Er sah sich nicht mehr nach den anderen um, sondern trieb das Boot mit kräftigen Schlägen in die Flußmitte. Minuten später war er um die erste Biegung verschwunden. Jonny riß ärgerlich einen Zweig von einem Apfelbaum ab und warf ihn ins Wasser.
»Warum regst du dich denn so auf?« meinte Arnica. »Du weißt doch, wie er sein kann.«
»Schon gut, komm, wir gehen zur Ruine!« Jonny wollte nicht mehr über die Auseinandersetzung reden. Die Stimmung war so und so verdorben. Mißmutig trottete er auf einen schmalen Weg zu, der in den angrenzenden Wald führte.
Unter den Bäumen war es angenehm kühl. Ein leichter Wind wehte vom Flußtal herauf. Die Sonne flimmerte durch die Zweige und malte leuchtende Bilder auf den Waldboden.
Sie waren etwa eine halbe Stunde gegangen, als Arnica zu Jonny aufschloß und rief: »Schau mal da vorne – Walderdbeeren!«
Vor ihnen lag eine Senke, die von großen Farnstauden eingefaßt war. Unter den Farnen leuchteten die Erdbeeren als rote Punkte hervor.
Arnica rannte an Jonny vorbei und jubelte: »Mann, das sind ja unheimlich viele! Und groß sind die! Walderdbeeren schmekken viel besser als die aus dem Garten.«
Jonny ließ sich anstecken. Auch er begann, die kleinen, prallen roten Beeren zu sammeln. Mit der rechten Hand zupfte er sie ab, die linke hatte er zu einer Kuhle gewölbt. Immer wenn sie gefüllt war, warf er die Beeren mit Schwung in den Mund. Sie schmeckten wirklich unvergleichlich gut.
Arnica war immer tiefer in die Senke hinabgestiegen. Der Boden war lehmig, aber ausgetrocknet. Man konnte sich vorstellen, daß hier einmal ein See gewesen war. Die Erde federte ein bißchen unter Arnicas Füßen. Direkt vor ihr waren Erdbeeren

mit fast unnatürlich großen Blättern und besonders schönen Früchten. Arnica machte einen Schritt darauf zu. Plötzlich gab der Boden nach. Es war, als ob im Erdreich ein Sog entstehen würde –, als ob unterirdische Hände nach ihr griffen. Das Mädchen brach ein und sank sofort in die Tiefe.
»Hiiiilfe!« Der durchdringende Schrei fuhr Jonny in die Glieder. Er schaute auf und sah Arnica, die schon bis zu den Hüften in der Erde versunken war. Jonny ließ die Beeren fallen und rannte auf Arnica zu.
»Hilf mir, Hilfe, Jonny, Hilfe!«
Er faßte nach ihren Händen. Doch nun gab auch unter ihm der Boden nach. Vorsichtig umging Jonny die Stelle, an der Arnica eingebrochen war, bis er einen festen Stand hatte. Dann zog er mit aller Kraft. Es schien, als ob von unten eine Gegenkraft ziehen würde. Arnica versuchte sich hochzustemmen, aber sie fand keinen Halt. Jonny keuchte und schwitzte. »Hängst du fest?« fragte er.
»Nein, aber ich stecke in irgendeinem zähen Zeug!«
Endlich schaffte er es. Schwer atmend richtete sich Arnica auf und sah an sich hinunter. Von der Hüfte bis zu den Füßen war sie mit einer braunroten klebrigen Flüssigkeit überzogen. Jonny schaute sie an. Plötzlich kam ihm ein schrecklicher Gedanke. Er wollte ihn nicht aussprechen, bevor er die Unfallstelle nicht genau untersucht hatte.
Vorsichtig ging er zu dem Loch in der Senke zurück und bückte sich. Mit dem Schuh schob er Erde zur Seite. Dann holte er sich einen Ast und scharrte immer heftiger. Schließlich kam der ausgefranste, rostige Rand einer Metalltonne ans Licht.
»Da ist ein Faß vergraben!« rief Jonny. »Los komm!«
»Ich kann so nicht laufen. Das Zeug wird hart und klebt unheimlich fest.«
»Du mußt!« schrie Jonny jetzt aufgeregt. »Wer weiß, was in den Fässern ist?«
Arnica sah ihn überrascht an. Jonny verlor nicht so leicht die Nerven. Aber jetzt war sein freundliches, kreisrundes Gesicht

bleich. Schweißtropfen standen auf seiner Stirn, und hektische rote Flecken lagen auf seinen Wangen.
»Was hast du denn?« fragte Arnica, die es langsam auch wieder mit der Angst bekam.
»Nichts, komm jetzt!«
Sie gingen, so schnell sie es eben schafften, zu der Wiese am Bach zurück. Arnica versuchte, das Zeug von ihren Jeans abzuwaschen, aber sie kam gegen die klebrige Masse nicht an.
»Komm weiter, wir gehen hinüber ins Dorf und rufen an!«
»Wen?«
»Am besten Pepper!«
»Okay, ich dachte schon, ich muß mich zu Hause melden.«
»Mal sehen«, sagte Jonny unbestimmt.
Am Dorfrand stand eine Telefonzelle. Jonny wählte die Nummer von Paul Pepper, dem Detektiv, mit dem er, Arnica und Pit schon seit langem befreundet waren.
Pepper meldete sich fast augenblicklich. »Ja, hier Pepper!«
Jonny schluckte, dann meldete er sich mit seinem Namen und sagte: »Ich fürchte, wir sind im Wald bei Bergenhausen, oberhalb der Bergener Aach, auf ein Lager mit Giftmüllfässern gestoßen. Arnica ist eingebrochen und hat das Zeug jetzt an sich.«
»Beschreibt genau, wo ihr seid!« antwortete Pepper knapp.
Jonny gab ihren Standort durch.
»Ich schicke einen Notarztwagen!« sagte Pepper.
»Was?«
»Ja, sicher ist sicher!«
»O Mann, o Mann!« entfuhr es Jonny.
Die Sache begann, ihm über den Kopf zu wachsen. Draußen saß Arnica und zog den zähen Schmutz in Streifen von ihren Jeans. Jonny drückte die Glastür der Telefonzelle hinter sich zu und blieb unschlüssig stehen.
Arnica sah zu ihm auf. »Was ist denn mit dir los?«
»Du, Arnica, ich muß dir etwas sagen. Es könnte nämlich sein..., also es ist nicht sicher, aber ... na ja, also das Zeug könnte giftig sein.«

Arnica streckte die Hände von sich und spreizte die Finger.
»Ich habe mit Pepper gesprochen«, fuhr Jonny fort, »er schickt einen Notarztwagen.«
»Einen was?«
»Ja, er sagt, sicher ist sicher, weil man nicht wissen kann...«
»Heißt das...« Arnicas Stimme versagte. Sie riß den Mund auf, japste nach Luft und schrie plötzlich los: »Ich bin vergiftet. Hilfe, ich bin vergiftet!«
Jonny versuchte, sie zu beruhigen. »Aber das ist doch noch gar nicht raus. Pepper sagt doch nur...«
Aber Arnica war nicht mehr zu beruhigen.
Zum Glück kam kurz danach der Notarztwagen. Er nahm die Kurve von der Hauptstraße zur Nebenstraße, in der sie bei der Telefonzelle saßen, in atemberaubender Geschwindigkeit und stoppte neben den beiden Kindern.
Ein junger Mann in einem weißen Anzug sprang heraus. Er war klein und ein wenig dick, hatte einen dichten, schwarzen Vollbart und lustige, kleine Augen.
»Ich bin Doktor Ferner«, stellte er sich vor.
Arnica atmete heftig. Aber das war nicht nur die Angst, sie bekam schlecht Luft. Ihr Gesicht hatte sich inzwischen mit kleinen, roten Flecken überzogen. Und in immer kürzeren Abständen jagten kalte Schauer über ihren Körper. Jetzt waren es schon richtige Anfälle von Schüttelfrost.
Der Arzt sah das Mädchen besorgt an.
»Steig ein!« sagte er.
»Muß ich sterben?« fragte Arnica, die vor Angst wie gelähmt war.
»Nein«, antwortete Doktor Ferner, »das werden wir verhindern!«
»Seid ihr zwei allein unterwegs gewesen?« erkundigte sich der Arzt bei Jonny.
»Nein, Pit, ich meine Peter Küster, ein Freund von uns war noch mit, aber der ist mit seinem Kanu die Bergener Aach hinuntergefahren.«

»Du bleibst hier und wartest auf die Polizei. Die Stelle muß sofort abgesperrt werden. Außerdem brauchen wir dringend den Umweltschutzzug vom Landeskriminalamt.«
Doktor Ferner sprach kurz, präzise und sehr sachlich.
Arnica war inzwischen in den Wagen geklettert, wo ein Sanitäter ihr half, die Kleider abzulegen.
»Ich muß mich jetzt um deine Freundin kümmern«, sagte der Arzt. »Ich kann mich doch auf dich verlassen?«
»Ja«, erwiderte Jonny.
Er hörte noch, wie Doktor Ferner zu Arnica sagte: »So, wir werden zuerst einmal das Zeug mit einer Lösung von deiner Haut abwaschen, dann bekommst du eine Spritze...«
Die zwei Flügel der hinteren Wagentür wurden geschlossen. Das Auto startete. Das Martinshorn setzte ein, und das Blaulicht begann zu rotieren.
Jetzt erst wurde Jonny bewußt, wie ernst es war. Er ging rastlos auf und ab und schlug immer wieder mit der Faust in die flache Hand. Tränen stiegen in seine Augen, aber er wollte nicht weinen. Angst und Zorn mischten sich bei ihm. Er hatte in der Zeitung, bei der sein Vater als Reporter arbeitete, immer wieder von Giftmüllskandalen gelesen. Aber wer dachte denn, daß so etwas vor der eigenen Haustüre passieren würde. Mitten im Wald. Ihm fielen wieder die Erdbeeren ein. Augenblicklich drückte es ihn im Magen. Wenn nun die Beeren von dem Gift unter der Erde verseucht waren? Er spuckte aus. Die Angst schnürte ihm den Hals zu. War er am Ende auch vergiftet?
Drei Polizeifahrzeuge näherten sich. Seltsamerweise war aus dem Dorf noch niemand gekommen. Erst jetzt öffneten sich ein paar Türen und Fenster. Neugierige Menschen verfolgten die Polizeiautos mit ihren Blicken. Einige kamen zögernd auf die Straße heraus. Der erste Polizeiwagen hielt. Ein uniformierter Beamter sprang auf die Straße. »Bist du der Junge, der die Fässer gefunden hat?« Jonny nickte.
»Zeigst du uns bitte den Weg?«
»Ich muß schnellstens ins Krankenhaus«, rief Jonny.

»Ich denke, nur das Mädchen hat in dem Zeug gesteckt?«
»Aber ich habe von den Beeren gegessen!«
Ein Mann in einem weißen Mantel kam aus dem zweiten Wagen.
»Ich bin Arzt«, sagte er, »mach dir mal keine Sorgen, es ist ganz und gar unwahrscheinlich, daß die Beeren das Gift aufgenommen haben. Wir werden dich aber auf jeden Fall untersuchen. Am besten steigst du zu mir in den Wagen.«
Jonny kletterte auf den Beifahrersitz, während sich der Arzt nach hinten setzte.
Am Waldrand stiegen alle aus und folgten dem Jungen. Die Polizisten zogen sofort ein breites weiß-rotes Plastikband um die Senke. Einige von ihnen setzten Gasmasken auf und stiegen, mit Pickeln und Schaufeln bewaffnet, über die Absperrung. Vorsichtig und ohne Hast begannen sie, die Erde abzutragen.
Kurze Zeit später kam Pit. Er sah Jonny an und fragte: »Was ist denn passiert, wo ist Arnica?«
Jonny deutete auf die Senke. »Sie ist da eingebrochen. In den Fässern muß irgend etwas Giftiges sein.«
»Nein!« entfuhr es Pit.
»Doch!« antwortete Jonny niedergeschlagen.
Der Arzt trat neben die beiden Jungen. »Wir fahren jetzt in die Klinik«, sagte er zu Jonny. »Ich werde dich auf Herz und Nieren untersuchen.«
»Mir geht es schon wieder besser.«
»Sicher ist sicher. Das beste wird sein, wenn wir dir den Magen auspumpen.«
»Was??!« Jonny sprang drei Sätze rückwärts.
»Ich komme mit«, sagte Pit.
»Aber ich nicht«, schrie Jonny.
»Es muß aber sein«, entgegnete der Doktor bestimmt. »Ich habe jetzt gesehen, was das für ein Zeug ist. Wie gesagt, es ist sehr unwahrscheinlich, daß die Beeren etwas aufgenommen haben, aber man kann es nicht ausschließen.«

Schließlich fügte sich Jonny in sein Schicksal. Sie warfen noch einen Blick auf die Senke. Die Polizisten hatten bereits sieben Fässer freigelegt.
»Hier war einmal ein ziemlich großer See«, dozierte Pit.
»Und wo ist er geblieben?« Der Arzt steuerte den Wagen selbst, Jonny saß neben ihm und Pit war im Fond.
»Die Bergener Aach ist ein Stück weiter oben gestaut worden, weil es hier im Tal jedes Frühjahr Überschwemmungen gab. Dadurch wurde der Grundwasserspiegel abgesenkt. Und der See ist ausgetrocknet.«
»Interessant«, sagte der Arzt. Dann sprach er nichts mehr, bis sie beim Krankenhaus ankamen.

Herr Dr. Ewald sieht rot

Pepper hatte als erstes Herrn Dr. Alois Ewald, Arnicas Vater, angerufen. Dr. Ewald war Ministerialdirektor beim Landesjustizministerium. Ein strenger, stiller Mann, Anfang 40, mittelgroß, mit einer Halbglatze und großen blauen Augen, die immer ein wenig erstaunt dreinzublicken schienen. Äußerlich wirkte er gemütlich, aber er galt im Ministerium als hart, durchsetzungsfähig und unbestechlich.
Herr Ewald hatte es noch nie gerne gesehen, daß seine Tochter mit Pit, Jonny und Paul Pepper befreundet war. Die Detektivspiele der vier hielt er für ›organisierten Schwachsinn‹. »Kriminalfälle«, pflegte Herr Ewald zu sagen, »sind Aufgabe der Polizei und der Justizbehörde. Amateure haben da nichts zu suchen.«
Immerhin hatte er auch schon manchmal widerwillig anerkennen müssen, daß Pepper Fälle gelöst hatte, vor denen die Polizei ratlos kapitulierte. Das nötigte ihm zwar Respekt ab, doch es ärgerte ihn auch.
Pepper war für ihn ein ›unberechenbarer Paradiesvogel‹. Im-

mer wieder versuchte Herr Ewald seiner Tochter klarzumachen, daß ein solcher Mann kein Umgang für die Tochter eines Ministerialdirektors war. Pepper wohnte in einem ausgedienten Eisenbahn-Salonwagen der ehemaligen Deutschen Reichsbahn. Das stillgelegte Gefährt stand in einem Schrebergarten am Stadtrand, umrankt von Himbeer- und Brombeerhecken und umgeben von wildem Gras, das der Detektiv nur selten mähte.

»Der Mann ist ein Abenteurer«, gab Herr Ewald Arnica immer wieder zu verstehen. »Er ist zur See gefahren, wie man weiß. Und später hat er es als Polizist versucht, aber man konnte ihn nicht behalten, weil er zum Beamten überhaupt nicht taugte!«

Arnica ließ sich von den Vorhaltungen ihres Vaters nicht sehr beeindrucken. Andererseits war Herr Ewald auch nicht der Mann, der seiner Tochter, die er über alles liebte, etwas verboten hätte. Er gab die Hoffnung nicht auf, daß Arnica irgendwann einmal klug werden und den Kontakt zu Pepper und den beiden Jungen abbrechen würde.

Das Gegenteil war der Fall. Die vier saßen in letzter Zeit immer häufiger beieinander. Und oft war auch noch die alte Frau Scheringer dabei, eine 81jährige Kioskbesitzerin, über die man sich in der Südstadt die tollsten Dinge erzählte. Trotz ihres hohen Alters mischte sie sich immer wieder in die Detektivarbeit Peppers ein und beteiligte sich aktiv an der Suche und Verfolgung von Verbrechern.

»Die Frau gehört ins Altersheim!« sagte Ewald.

»Was?« antwortete dann seine Tochter. »Die Alte ist in Ordnung, ohne die wären wir nur die Hälfte wert!«

Bei solchen Sätzen verzog Herr Ewald schmerzvoll sein Gesicht und protestierte schwach: »Wie du wieder daherredest.«

Arnica wußte sehr wohl, daß ihr Vater richtiggehend verschossen in sie war. Sie kannte alle Tricks, mit denen sie ihn für sich gewinnen konnte. Eine kleine Schmeichelei, ein Kuß auf die Nasenspitze, ein Sprung auf seinen Schoß – und schon konnte er ihr nichts mehr abschlagen.

Als Pepper den Ministerialdirektor anrief, sagte er abweisend: »Ich möchte jetzt nicht gestört werden. Wenn es sich um etwas Amtliches handelt, können Sie mich morgen im Büro anrufen.«
Pepper entgegnete ruhig. »Ihre Tochter hatte einen schweren Unfall. Sie ist beim Beerensuchen im Wald auf ein verstecktes Lager mit Giftmüllfässern gestoßen. Man muß damit rechnen, daß sie sich schwere Hautverletzungen zugezogen hat. Im Augenblick ist sie im Elisabethenkrankenhaus.«
Er hatte die wenigen Sätze sehr sachlich gesprochen.
»Wer ist schuld?« Die Frage des Juristen am anderen Ende der Leitung kam fast automatisch, aber dann schien ihm die Tragweite des Vorganges erst bewußt zu werden.
»Was sagen Sie? Arnica verletzt? Schwer verletzt? Elisabethenkrankenhaus? Ich fahre sofort hin!«
»Einen Augenblick noch«, sagte Pepper. »Schuld ist niemand außer dem, der die Giftmüllfässer verbotenerweise dort im Wald vergraben hat!«
»Darüber sprechen wir noch!« entgegnete Ewald scharf und legte auf.
Doch Peppers letzter Satz ging ihm nicht aus dem Kopf. »Schuld ist derjenige, der die Fässer verbotenerweise dort vergraben hat«, sagte er immer wieder, während ein Taxi ihn und seine Frau zum Elisabethenkrankenhaus brachte. Seine Frau saß still neben ihm und hielt seine Hand.
Pepper nahm seine Parka vom Kleiderhaken, verschloß den Salonwagen sorgfältig und ging über den geschwungenen Kiesweg durch seinen Garten auf die Straße hinaus. Sein Auto stand am Straßenrand. Er stieg ein, studierte kurz die Karte und fuhr los. Vierzig Minuten später erreichte er den Wald bei Bergenhausen. Fast zur gleichen Zeit traf Kommissar Rübenach ein. Sie kannten und haßten sich schon seit vielen Jahren. Oft überwanden sie auch ihre Abneigung, arbeiteten gut zusammen, kamen sich näher und wurden fast zu Freunden. Aber bevor es dazu kam, verkrachten sie sich dann doch wieder. Im Augenblick hatten sie eine Art Waffenstillstand.

Rübenach war ein untersetzter, breitschultriger Mann, Anfang 50, mit wirren, roten Haaren, die nach allen Seiten vom Kopf abstanden. Sein viereckiges Gesicht war mit Sommersprossen übersät. Die Nase wirkte klobig und unnatürlich rot.
»Ein Riesenskandal«, fuhr er Pepper an, als ob er die ganze Sache zu verantworten hätte.
Pepper nickte. »Kann man wohl sagen!«
Sie stapften nebeneinander den Waldweg entlang.
»Wir bilden eine Sonderkommission«, sagte Rübenach.
»Unter Ihrer Leitung?«
»Mhm!«
»Sie kennen ja sicher Herrn Ministerialdirektor Dr. Ewald«, erkundigte sich Pepper.
»Zur Genüge.«
»Ich habe ihn von dem Unfall unterrichtet.«
»Und wie hat er reagiert?«
»Ziemlich gelassen, doch ich hatte den Eindruck, daß er auf Anhieb das Geschehen gar nicht ganz erfaßt hat.«
Rübenach nickte. Er kannte das, denn oft genug war es seine Aufgabe, Schreckensnachrichten zu überbringen.
»Aber wenn ihm erst einmal alles bewußt geworden ist«, fuhr Pepper fort, »wird er Ihnen im Genick sitzen. Er wird nicht ruhen, bis die Verantwortlichen gefunden und zur Rechenschaft gezogen sind!«
Wieder nickte Rübenach. »Ich weiß. Er kann sehr ungemütlich werden.«
Sie erreichten den abgesperrten Fundort. Rübenach ließ sich von den Beamten einen genauen Bericht geben und stellte abschließend die Frage: »Haben Sie schon etwas über die Herkunft der Fässer herausbekommen?«
Einer der Polizisten zog eine Plastiktüte aus einem Karton. In der Tüte lag ein verschmiertes Stück Papier.
»Ein Laufzettel, der an einem der Fässer klebte. Auf den ersten Blick kann man nichts erkennen, aber vielleicht bekommen die im Labor etwas heraus.«

»Bringen Sie das sofort zur Untersuchung. Ich will schnelle Ergebnisse sehen«, ordnete Rübenach an.
»Jawohl!« Der Beamte schlug unwillkürlich die Hacken zusammen und hob die rechte Hand zum Mützenschild.
»Wir sind hier nicht bei der Bundeswehr!« bellte ihn Rübenach an.
»Jawohl«, sagte der Polizist wieder und ließ die Hand sinken.
»Insgesamt sind es jetzt achtzehn Fässer!« berichtete ein anderer Beamter. Wir haben von allen Proben entnommen.«
»Ab ins Labor damit!« befahl Rübenach. »Gibt es Vermutungen, um was es sich handelt?«
»Es soll zyanidhaltig sein!«
»Und was bedeutet das?«
»Es kann zu schweren Hautverbrennungen führen. Wenn es eingeatmet wird, besteht die Gefahr einer Verätzung der Atemwege und der Lunge.«
Pepper mußte an Arnica denken.
Jetzt kam ein schwerer Kettenbagger durch den Wald. Der Weg war zu schmal für ihn. Rechts und links wurden junge Bäume und Büsche niedergewalzt.
Rübenach und Pepper traten zur Seite. Pepper sagte: »Das Zeug kann schon seit zehn Jahren oder noch länger hier liegen.«
»Egal wie lange, ich werde dem Kerl das Handwerk legen.«
»Na dann, viel Glück«, wünschte Pepper, »ich beneide Sie nicht um Ihre Aufgabe.«
»Sie würden sich ja nur darum kümmern, wenn es eine Belohnung gäbe!«
Pepper sah Rübenach in die Augen. Er mußte sich ungeheuer beherrschen, um nicht auf den Kommissar loszugehen.
›Dreimal atmen, dann erst sprechen‹, hatte früher sein Vater immer zu ihm gesagt, wenn er von einem plötzlichen Wutanfall gepackt wurde. Pepper atmete dreimal, dann antwortete er ruhig: »Wir werden ja sehen!«
Er wandte sich abrupt ab und stapfte den Waldweg hinauf. Rü-

benach, den seine Kollegen untereinander und auch Pepper Rübezahl nannten, starrte dem Detektiv nach. Der Ausspruch tat ihm leid. Am liebsten wäre er Pepper nachgegangen, um sich bei ihm zu entschuldigen. Aber einen Rübenach, der einen Fehler offen eingestand und sich gar noch dafür entschuldigte, den hatte es noch nie gegeben – und den würde es auch heute nicht geben.

Er wandte sich wieder dem Schauplatz zu und schrie völlig unmotiviert einen uniformierten Beamten an: »Stehen Sie hier nicht herum, tun Sie gefälligst etwas! Oder meinen Sie, daß Sie fürs Zuschauen bezahlt werden?«

Der Polizist starrte seinen Vorgesetzten völlig fassungslos an, dann machte er auf dem Absatz kehrt und ging zu einem Kollegen, der die Senke von allen Seiten fotografierte. »Was ist denn mit dem Rübezahl los?« fragte er leise.

»Es ist wegen dem Kind. Man weiß nicht, ob das Mädchen durchkommt. Und wenn es durchkommt, weiß man nicht, welche Schäden zurückbleiben. Das geht ihm an die Nieren. Ist doch klar!«

»Wem nicht?« entgegnete der andere.

Jonny war ganz grün im Gesicht. Aber das kam nicht von einer möglichen Vergiftung. Er hatte schlicht Angst vor dem, was ihm bevorstand. Neben ihm, auf einer abgenützten alten Polsterbank, saß Pit. »Ich mache mir große Vorwürfe«, sagte der Ältere, »daß ich weggefahren bin.«

»Sei froh, sonst hätte es dich womöglich auch erwischt.«

Darauf schwiegen sie eine Zeitlang.

Doktor Ferner kam mit wehendem weißem Mantel den Korridor herunter. Er sah Jonny und kam auf ihn zu.

»Ich habe schon gehört, daß sie dich auch hierher gebracht haben.«

Jonny nickte trübsinnig.

»Kopf hoch«, versuchte Doktor Ferner ihn aufzumuntern, »den Magen müssen wir dir nicht auspumpen.«

Jonny begriff zunächst gar nicht, aber dann war ihm, als ob Weihnachten, sein Geburtstag und Ostern genau auf diese augenblickliche Stunde gefallen wären.

»Ehrlich?« fragte er vorsichtshalber noch einmal.

»Ja, wir haben Kontakt zu einem Fachmann aufgenommen. Der Giftstoff lagert sich in den Beeren nicht ab. Du dürftest eigentlich überhaupt nichts spüren.«

»Ich spüre ja auch nichts, das habe ich doch immer gesagt!«

»Und wie geht es Arnica?« erkundigte sich Pit.

Dr. Ferner legte seine Stirn in Falten. »Schlecht. Sie macht ziemlich viel durch. Wir haben ihr Spritzen und Beruhigungsmittel gegeben. Zur Zeit schläft sie. Ihre Eltern sind bei ihr. Der Vater … kennt ihr den eigentlich?«

»Natürlich«, erwiderte Pit.

»Was ist das für ein Mann?«

»Mhm, was soll ich da sagen? Ruhig, ein bißchen … na ja, ich habe den Eindruck, er hält sich für etwas Besseres. Er mag es auch nicht, wenn Arnica bei uns ist. Aber sie läßt es sich nicht verbieten.«

»Sehr schön«, entgegnete Dr. Ferner, »aber jetzt dreht er wohl gerade durch. Am liebsten würde er mit einem Gewehr losziehen und nach dem Mann suchen, der die Fässer dort in den Wald gekarrt hat, und ihn umlegen.«

»Herr Ewald?«

»Das glaube ich nicht!« protestierte Pit. »Das paßt überhaupt nicht zu ihm!«

»Täusch dich mal nicht. Es gibt Situationen, da bricht alles zusammen, was man ein Leben lang mühsam aufgebaut hat, zum Beispiel so eine ruhige, überlegene Haltung. Und dann kann ein solcher Mann wirklich gefährlich werden! Herr Ewald sieht rot.«

»Ich bitte Sie, bei Herrn Ewald ist das unmöglich!«

Dr. Ferner lachte leise. »Nichts ist unmöglich.«

»Weiß man denn, wer die Fässer in den Bergener Wald gebracht hat?« fragte Jonny.

»Keine Ahnung«, antwortete Dr. Ferner.
»Nun, Pepper wird es sicher herausbekommen!«
»Wer?«
»Pepper!«
»Wer ist denn das?« Der Arzt setzte sich zu den beiden Jungen auf die Polsterbank.
»Haben Sie noch nie etwas von Paul Pepper gehört?« fragte Jonny.
»Jetzt halte aber mal die Luft an und bleibe auf dem Boden der Tatsachen stehen!« mischte sich Pit ein. »Pepper ist Detektiv. Den muß man nicht kennen!«
»Ach der!« sagte jetzt Dr. Ferner. »Er hat uns angerufen. Hat er nicht auch den großen Eisenbahnerpresser-Fall* aufgeklärt?«
»Ja, sicher«, antwortete Jonny eifrig und warf sich in die Brust. »Pepper ist ein guter Freund von uns.«
Dr. Ferner erhob sich wieder. »Na ja, vielleicht schafft es ja euer Pepper. Solche verantwortungslosen Typen müssen dingfest gemacht werden!«
Er ging weiter den Korridor hinab, blieb dann aber noch einmal stehen, drehte sich um und rief: »Ihr könnt übrigens nach Hause gehen!«
Jonny war über alle Maßen erleichtert. Und darüber vergaß er völlig, daß Arnica zwischen Leben und Tod schwebte. Bei Pit war das anders. Er mußte immer daran denken, wie gut sie sich trotz aller Kabbeleien verstanden, und wieviel sie schon gemeinsam erlebt hatten. Es war überhaupt nicht auszudenken, wie das wäre, wenn Arnica tatsächlich starb.
Vor dem Krankenhaus trennten sich die Freunde. Pit ging mit hängendem Kopf nach Hause. Jonny besuchte seinen Vater in der Redaktion, um ihm alles haarklein zu erzählen.
Herr Bergemaier hörte seinem Sohn geduldig zu, machte sich

* Siehe *Paul Pepper und die tickende Bombe,* Franckh Verlag, Stuttgart

ab und zu Notizen und begann, sobald Jonny geendet hatte, seinen Artikel in die Maschine zu tippen. Der Aufmacher für den nächsten Tag war im Entstehen. Am Montag würde die ganze Umgebung nur ein Gesprächsthema haben: Die Giftmüllfässer im Bergener Wald.

Ein wichtiger Tip

Paul Pepper ging nur sehr ungern ins Polizeipräsidium. Drei Jahre lang hatte er als Inspektor-Anwärter hier gearbeitet. Seine Hauptaufgabe bestand darin, Berichte über Ermittlungen zu tippen, die andere geführt hatten. Man hatte von ihm verlangt, morgens pünktlich um acht Uhr zu erscheinen. Feierabend war um siebzehn Uhr dreißig, egal, ob er etwas zu tun hatte oder nicht. Pepper hatte durchaus eingesehen, daß das so sein mußte, aber er hatte sich dennoch nicht daran gewöhnen können. Schließlich ging er zum Polizeipräsidenten und bat um seine Entlassung.

Seitdem arbeitete er als Privatdetektiv. Deshalb kostete es ihn große Überwindung, an die Stätte seines einstigen Wirkens zurückzukommen.

Sorgfältig mied er den Trakt, in dem Rübenach und seine Mitarbeiter ihre Büros hatten. Er nahm einen ziemlich langen Umweg in Kauf, um unbemerkt ins Untergeschoß zu gelangen, wo die kriminaltechnischen Labors untergebracht waren.

Andreas Pohl leitete das Chemielabor. Pepper hatte sich immer gut mit ihm verstanden, weil Pohl sich für alles interessierte, was mit der Seefahrt zusammenhing.

Der Chemiker begrüßte den Detektiv allerdings viel zurückhaltender als sonst. »Pepper, ich fürchte, du hast dich verrechnet«, sagte er.

»Du weißt doch noch gar nicht, was ich will«, entgegnete Pepper.

»Hör mal, ich leb' doch nicht hinter dem Mond. Du hast deine Spürnase im Giftmüllfässer-Fall. Aber da läuft nichts, das sage ich dir gleich. Strengste Geheimhaltung. Anordnung von oben. Wir können eine Partie Schach miteinander spielen oder ein Bier trinken, aber du erfährst von mir keine Silbe!«
Pepper kannte Pohl gut genug, um zu wissen, daß hier tatsächlich nichts zu machen war. Dennoch versuchte er es.
»Ich interessiere mich nicht für das Gift, ich will nur wissen, woher es stammt.«
Pohl lächelte. »Wenn man das Gift kennt, ist es nicht schwierig, auf den Hersteller zu kommen. Da gibt es nämlich nicht sehr viele davon. Und umgekehrt ist es genauso: Wenn man den Hersteller weiß, kommen nur wenige Gifte in Frage.«
»Klingt wie ein Orakel«, brummte Pepper unwillig.
»Wie geht es dir denn sonst so?« fragte Pohl, um vom Thema abzulenken.
Pepper musterte seine Fingernägel. »Ich habe in letzter Zeit Glück gehabt und ein paar Fälle gelöst, bei denen hohe Belohnungen ausgesetzt waren. Es geht mir also nicht schlecht. Aber an diesem Giftmüllfässer-Fall bin ich ganz persönlich interessiert. Das Mädchen gehört sozusagen zu meiner Familie; sie geht täglich bei mir ein und aus.«
»Tja, Rübenach hat so was erzählt.«
»Ach, der Rübezahl, das ist doch ein ... ich will es lieber nicht aussprechen!«
»Ist vielleicht auch besser so!«
Rübenach trat hinter einem Schrank hervor und fixierte Pepper finster.
»Ach, wir sind belauscht worden!«
»Sehr gut, Kollege Pohl«, sagte Rübenach, »wir müssen in diesem Fall wirklich höchsten Wert auf äußerste Geheimhaltung legen. Und davon dürfen uns auch alte Freundschaften nicht abhalten.«
Pepper sah Pohl an. »Du wußtest die ganze Zeit über, daß Rübezahl dort hinter dem Schrank gelauert hat?«

»Ich verbitte mir den Namen Rübezahl!« keifte Rübenach. Aber Pepper beachtete ihn gar nicht. »Gib mir eine Antwort, Pohl!«
»Natürlich habe ich es gewußt. Aber ich gab dir von Anfang an zu verstehen, daß du nichts von mir erfahren wirst. Das hat absolut nichts damit zu tun, daß der Kollege Rübezahl ... äh, Entschuldigung, daß der Kollege Rübenach hier im Labor war.«
Pepper ging nicht weiter darauf ein. Er schritt zur Tür und sagte auf dem Weg dorthin: »Ihr könnt mich aus diesem Fall nicht heraushalten. Der geht mich nämlich dieses Mal wirklich etwas an!«
Dann verließ er den Raum und knallte die Tür hinter sich zu.
»Ein unbeherrschter Mensch«, knurrte Rübenach.
Pohl sah den Kommissar von der Seite her an und meinte ironisch: »Es kann ja nicht jeder so beherrscht sein wie Sie!«
Pepper verließ das Polizeipräsidium und überquerte die Keilmannstraße. Auf der anderen Seite lag das Gerichtsviertel. Darüber, auf einer kleinen Anhöhe, thronte ein breiter Jugendstilbau, in dem das Justizministerium untergebracht war.
Pepper ließ sich bei Ministerialdirektor Dr. Ewald melden.
»Ich habe nur sehr wenig Zeit«, sagte der Ministerialdirektor. Er zog nervös an einer Zigarette. Sein Gesicht war eingefallen. Unter den Augen hatte er dunkle Schatten. Seine Hände waren ständig in Bewegung.
»Wie geht es Arnica?« fragte Pepper.
»Unverändert. Wir müssen uns auf alles gefaßt machen«, gab Herr Ewald zur Antwort.
Pepper biß sich auf die Unterlippe. Nach einer kurzen Pause fuhr er fort: »Die Polizei scheint Fortschritte zu machen.«
Herr Ewald drückte seine Zigarette mit Zeigefinger und Daumen in einem dicken, gläsernen Aschenbecher aus. »Die Polizei!« Er spuckte das Wort richtig aus. »Die Polizei geht alles routinemäßig an. Die machen nicht eine Überstunde, um den Verbrechern auf die Spur zu kommen. Wenn ich weiß, wo die Verantwortlichen sitzen, dann fahre ich dort hin, präsentiere

ihnen einen Haftbefehl und bringe sie hinter Schloß und Riegel!«
Pepper war es unbehaglich. Er kannte Ewald als ruhig, beherrscht, ja, als ausgesprochen bedächtig.
»Ich würde gerne...«, begann der Detektiv vorsichtig.
»Nein, Sie halten sich da heraus. Ich werde keinen Pfennig für einen Detektiv ausgeben!«
»Ich verlange kein Geld!«
»Trotzdem. Sollte die Polizei den Fall in die Länge ziehen, nehme ich die Sache selbst in die Hand!«
»Und wie wollen Sie das machen, wenn ich fragen darf?«
»Sie dürfen nicht fragen, Herr Pepper. Das ist meine Sache. Aber eines sollen Sie wissen: Ich werde mich rächen. Ich werde das Verbrechen sühnen!«
Pepper starrte den Ministerialdirektor entsetzt an.
»Wie stellen Sie sich das denn vor? Wollen Sie wie ›Django, der Rächer‹ losziehen, die Pistole locker im Gürtel und die Täter abknallen, oder was?«
»Das lassen Sie meine Sorge sein. Und jetzt habe ich zu tun. Guten Tag, Herr Pepper!«
Dr. Ewald wandte sich einem Aktenordner auf seinem Schreibtisch zu und beachtete seinen Besucher nicht weiter. Pepper hob resigniert die Schultern und ging. Wie sollte ein Mann allein ein Verbrechen aufklären, wenn ihm keinerlei Hilfe zuteil wurde?
Als Pepper das Justizministerium verließ, war es kurz nach siebzehn Uhr. Am Montag – das war seit zwanzig Jahren so – gingen viele seiner ehemaligen Kollegen zum Kegeln. Sie hatten ihn immer wieder mal dazu eingeladen, aber er hatte stets geantwortet: »Wenn man einmal Abschied genommen hat, soll man nicht mehr zurückkehren, auch nicht zum Kegeln.«
Heute machte er eine Ausnahme.
Die Kegelbahn lag im zweiten Untergeschoß einer Brauereigaststätte. Pepper betrat den kahlen, langgezogenen Raum und hielt sich eine Weile unbemerkt im Hintergrund auf. Die ersten

Runden waren bereits gespielt. Die Kugel rollte immer wieder mit einem leisen Grollen auf die neun Kegel zu.
Die Männer waren so sehr von ihrem Spiel gefangen, daß sie auf Pepper erst aufmerksam wurden, als er ohne viel Umstände eine Kugel ergriff und leise sagte, »darf ich auch mal« und die Kugel zielsicher auf den linken vorderen Kegel zurollen ließ. Fast im Zeitlupentempo fielen die neun Kegel nacheinander um.
»Alle Neune!« riefen die anderen. »Der Pepper hat nichts verlernt! Mann, alter Junge, daß man dich wieder einmal zu sehen bekommt!«
Pepper taten die freundlichen Zurufe gut. Er ging vom einen zum anderen, drückte ihnen allen die Hand, und es war, als ob zwischen seinem Ausscheiden und heute nicht sieben Jahre, sondern allenfalls ein paar Tage vergangen waren.
Nur der Chemiker Pohl musterte Pepper mit verkniffenem Gesicht. Als der Detektiv zu ihm kam, sagte er: »Ich weiß genau, Pepper, du bist nicht gekommen, um zu kegeln.«
»Nicht allein deshalb«, antwortete Pepper, »da hast du recht!«
Den ganzen Abend über sprach er nicht mehr mit Pohl. Er wurde einer Mannschaft zugeteilt, und man focht einen harten Kampf aus, den schließlich die Gegner für sich entschieden.
»Man kann nicht immer Glück haben«, meinte Pepper.
»Hast du denn sonst immer Glück?« fragte einer seiner ehemaligen Kollegen.
»Na ja, es könnte ein bißchen mehr sein«, wich Pepper aus und sah Pohl dabei an.
Als der Kegelabend beendet war und die Männer zu ihren Autos gingen, fragte Pepper Pohl leise: »Nimmst du mich ein Stück mit? Ich habe meinen Wagen nicht dabei.«
Im Auto sagte Pohl: »Das hast du sauber eingefädelt. Irgendeiner wird es Rübenach erzählen!«
»Tja, wahrscheinlich, aber was interessiert mich der?«
Pohl fuhr an und reihte sich in den Straßenverkehr ein. Er schwieg.

»Mach es mir doch nicht so schwer», fuhr Pepper nach einer Weile fort, »gib mir wenigstens einen kleinen Hinweis, nur einen Fingerzeig!«
Pohl verlangsamte die Fahrt. »Da ist Dynamit drin, Pepper. Das Gift stammt von einem großen, mächtigen Konzern. Ich will damit nicht sagen, daß die Herren dort schuld sind. Sie beauftragten ein Spezialunternehmen, das Gift ordnungsgemäß zu beseitigen. Dafür werden, wie du weißt, hohe Summen bezahlt. Der Spezialunternehmer hat kassiert, aber er hat sich nicht die Mühe gemacht, für eine ordnungsgemäße Lagerung oder Vernichtung der Giftstoffe zu sorgen. Statt dessen hat er die Fässer einfach in einen kleinen, verträumten Waldsee geworfen. Und um sicherzugehen, daß niemand dahinterkommt, hat er noch zwei Wagenladungen schweren Lehm hinterhergeworfen. Er war überzeugt, daß die Fässer so auf Nimmerwiedersehen verschwunden waren. Bis ... bis eben das Mädchen kam und Beeren gesucht hat!«
»So, und um dieses Mädchen geht es. Ich gebe zu, und noch um ein bißchen mehr! Vielleicht hat dieser Spezialunternehmer das nicht nur ein- oder zweimal gemacht, vielleicht hat er es in mehreren Fällen so gehalten. Dann ticken an vielen Stellen in unseren Wäldern Zeitbomben.«
»Übertreibe doch nicht gleich so!« Pohl schnaubte durch die Nase. »Ich kann dir nichts sagen. Rübenach weiß doch dann sofort, aus welcher Ecke es kommt!«
»Rübenach, Rübenach, ich höre immerzu Rübenach. Hast du denn solche Angst vor ihm?«
»Wer redet denn davon. Aber er kann mir Schwierigkeiten machen. Ich bin erst seit ein paar Monaten Leiter des Labors. Meinst du, ich will da wieder hinausfliegen?«
Pohl hatte die Fahrt wieder beschleunigt. Er bog jetzt ab und kam auf die Zufahrtstraße zur Südstadt, eine schmale Allee, die von dicht stehenden schlanken Pappeln gesäumt war.
»Da vorne kannst du halten. Ich gehe den Rest zu Fuß«, sagte Pepper.

»Ich bringe dich gerne bis vor die Tür.«
»Nein, danke!« Pepper war sehr nachdenklich geworden. »Ich will dich nicht gefährden. Ich habe nicht daran gedacht, daß du eventuell deinen Job aufs Spiel setzt!«
Pohl bremste scharf und hielt den Wagen an. »Also, hör zu: Die Firma sitzt in Hamburg, aber die Sonderabteilung, die das zyanidhaltige Gift für die Herstellung irgendwelcher wichtiger Chemikalien braucht – Namen verrate ich dir nicht – sitzt hier. Und zwar unten am Fluß, in Hafennähe. Das Unternehmen, das die Giftmüllfässer beseitigen sollte, sitzt nur fünfhundert Meter weiter. Der Besitzer hatte früher ein ganz normales Transportunternehmen. Inzwischen ist er steinreich. Das alles weiß man. Aber man kann ihm nichts beweisen. Er behauptet, eine weiße Weste zu haben, legt sogar Papiere vor – sieht alles sehr ordentlich aus. Er erklärt, selbst von einem Mitarbeiter betrogen worden zu sein.«
»Das stinkt doch alles!« entgegnete Pepper.
»Natürlich stinkt's. Aber das mußt du erst einmal beweisen!«
»Und warum sagst du mir jetzt nicht auch noch den Namen?«
»Weil du sonst stehenden Fußes zu dem Mann hingehst und ihn verhörst, und weil Rübenach bereits eine halbe Stunde später darüber informiert ist. Rübenach kommt dann zu mir und teilt mir mit, daß er soeben eine Aktennotiz an den Polizeipräsidenten verfaßt hat. Gut, es wird mich vielleicht nicht den Kopf kosten, aber meine Ruhe. Also: Ich habe dir eine ganze Menge erzählt. Und jetzt sieh zu, was du daraus machst!«
Pepper klopfte dem Chemiker freundschaftlich auf die Schulter. »Ich danke dir. Wenn ich einmal etwas für dich tun kann…«
»Gott behüte«, lachte Pohl und startete seinen Wagen wieder. Er setzte Pepper vor dessen Gartenzaun ab.
Auf der Birkenholzbank unter dem Nußbaum saß die Alte. Es war nicht respektlos, wenn alle Welt Frau Scheringer schlicht ›Die Alte‹ nannte. »Schließlich«, pflegte sie zu sagen, »bin ich ja alt genug dafür.«

Pepper war in Wirklichkeit froh darüber, daß er jetzt nicht alleine war und einen Gesprächspartner hatte. Er gab sich zwar gerne als Einzelgänger und nannte sich manchmal sogar einen einsamen Wolf, aber dann sagte Frau Scheringer, »das einzige, was Sie mit einem Wolf gemeinsam haben, Pepper, sind Ihre grauen Haare. Machen Sie sich mal nichts vor. Je älter man wird, desto schwerer ist es, allein zu sein!«
In Wirklichkeit fühlte sich Pepper nämlich am wohlsten, wenn seine Freunde um ihn waren.
Er ließ sich in einen der groben Stühle fallen.
»Na, Alte, wie sieht es aus auf der Welt?«
»Was weiß man von Arnica?«
Pepper seufzte. »Leider nichts Gutes. Sie schwebt noch immer in Lebensgefahr. Die besten Ärzte bemühen sich um sie. Man muß einfach warten, was geschieht. Ihr Vater ist übrigens nahe daran durchzudrehen.«
»Das kann man ja verstehen!« Frau Scheringer griff nach ihrem Strickzeug, das neben ihr auf der Bank lag.
Die Nadeln begannen leise zu klappern. Ganz nebenbei meinte sie: »Das Zeug stammt von der Firma ›Regener Chemie‹ und wurde von dem Transportunternehmen ›Consilius‹ befördert.«
Es war gut, daß es schon ziemlich dunkel war. Die Alte hätte sonst über das Gesicht, das Pepper jetzt machte, sicher schallend gelacht. Nach einer Weile sagte er: »Noch mal!« Und Frau Scheringer wiederholte alles Wort für Wort.
»Sie phantasieren!« rief Pepper.
»Ich habe nicht phantasiert, ich habe recherchiert«, erwiderte Frau Scheringer stolz.
Pepper schüttelte den Kopf.
»Das kann doch nicht wahr sein. Vielleicht erzählen Sie einem alten Detektiv jetzt auch noch, wie man das macht. Ich möchte unbedingt dazulernen!«
»Na ja, ein bißchen Glück hatte ich natürlich dabei auch.«
»Muß ich noch lange auf des Rätsels Lösung warten?«
Pepper zündete sich eine Pfeife an und lehnte sich in seinem

Birkenholzstuhl zurück, um eine gewisse Gelassenheit vorzutäuschen.
»Es ist ganz einfach. Heute morgen hat, wie immer, Frau Fortenbacher bei mir eingekauft. Wir halten immer ein Schwätzchen, und da hat sie so ganz beiläufig erzählt, daß im Betrieb ihres Mannes der Teufel los sei. Die Polizei habe alle Mitarbeiter vernommen.«
Die Alte legte ihr Strickzeug zur Seite und beugte sich vor. »Da hat es bei mir natürlich gleich geklingelt. ›Annemarie‹, habe ich zu mir gesagt, ›das könnte mit dem Fall zusammenhängen.‹«
»Bloß weil dort die Polizei aufgetaucht ist?«
»Nein, weil ich weiß, daß Frau Fortenbachers Mann bei einer Firma ist, die hochgiftige Stoffe herstellt. Herr Fortenbacher hat irgendwie etwas mit dem Werkschutz zu tun. Frau Fortenbacher erzählt jede Woche mindestens zweimal von den Heldentaten ihres Gatten. Also frage ich sie so ganz nebenbei: ›Wegen der Giftmüllfässer, was?‹ Da hat sie mich erst ungläubig angestarrt und gesagt: ›Ach, das wissen Sie?‹ Ich habe natürlich gleich geflunkert: ›Davon spricht doch die halbe Stadt.‹ ›Ja, wenn das so ist‹, meinte sie und hat dann fröhlich drauflosgeplaudert, daß es ja nicht die Schuld eines Fahrers sein könne, der ja nur mache, was der Chef sage und wenn der Chef sage, die Fässer kommen in die Waldkuhle, dann kommen sie eben in die Waldkuhle. Wer dumm fragt, fliegt raus. Und wer nicht fragt, verdient dafür besser.«
Pepper schlug mit der flachen Hand auf den Tisch und sagte: »Da läuft man sich die Hacken ab, bringt einen Kollegen in die größten Gewissensbisse, geht sogar noch gegen seinen Vorsatz kegeln und bekommt doch nur die Hälfte von dem heraus, was eine schwatzhafte Frau am nächstbesten Kiosk erzählt.«
»Also, das mit dem nächstbesten Kiosk will ich überhört haben!«
Frau Scheringer nahm ihr Strickzeug wieder auf und begann, von neuem zu klappern.
Eine Zeitlang saßen sich die beiden schweigend gegenüber.

Schließlich nahm Frau Scheringer das Gespräch wieder auf.
»Was haben Sie jetzt vor?«
»Tja, ich weiß nicht so recht, darüber denke ich gerade nach.«
»Gehen Sie doch einfach zu den beiden Firmen hin!«
»Das ist nicht möglich. Ein früherer Kollege hat mir ein paar Tips gegeben. Und auf den würde sofort ein Verdacht fallen, wenn ich dort aufkreuze.«
Vom Gartentor her erklang ein leiser Pfiff.
»Das muß einer von den Jungs sein«, meinte Pepper und schaute auf die Uhr.
»Ziemlich spät.«
Pit kam den Gartenweg entlang.
»Gehörst du nicht ins Bett?« fragte die Alte.
»Und Sie?« hielt Pit entgegen.
»Also da hört sich doch alles auf!« Frau Scheringer spielte die Entrüstete.
»Im Alter braucht man nicht mehr so viel Schlaf«, meinte Pepper.
Pit setzte sich.
»Willst du etwas trinken?« fragte der Detektiv.
»Danke, nein. Ich wollte nur sagen, daß ich einen Ferienjob gefunden habe. Und jetzt raten Sie mal bei wem?«
»Wie soll man das denn raten?« brummte Pepper.
Frau Scheringer hob eine ihrer dicken Stricknadeln hoch und sprach leise, jedes Wort betonend: »Ich vermute, bei der Transportfirma ›Consilius‹.«
»Was?« fuhr Pepper auf.
»Erraten!« rief Pit.
»Heißt das, daß der Lausebengel auch schon weiß...«
»Den Lausebengel verbitte ich mir!« protestierte Pit.
»Ich habe ihm heute nachmittag alles erzählt«, antwortete Frau Scheringer. »Wir hatten gemeinsam die Idee...«
Pepper unterbrach sie: »Das ist keine einfache Sache, Pit. Leute, die bedenkenlos Giftmüllfässer im Wald vergraben – bedenkenlos und gewissenlos! –, sind auch noch zu anderen Ver-

brechen imstande. Wenn die merken, daß du ihnen nachspürst...«
»Ich muß natürlich vorsichtig sein«, entgegnete Pit lahm.
»Was sollst du denn dort machen?«
»Alles mögliche. Beim Auf- und Abladen helfen, den Hof kehren, Laufzettel abheften und all so was.«
»Und all so was«, wiederholte Pepper. »Also, paß auf! Du solltest wirklich nur die Augen offen halten und nichts, aber auch gar nichts unternehmen, was die Leute dort auf den Gedanken bringen könnte, daß du Nachforschungen anstellst.«
»Ist doch klar.«
»Na, so klar ist das bei dir leider nicht. Soll ich mal all die Fälle aufzählen, wo du über das Ziel hinausgeschossen bist, weil du scharf warst wie ein Schießhund, etwas herauszubekommen?«
Pit grinste. »Will ein Schießhund etwas herausbringen?«
Die Alte kicherte, dann sagte sie: »Pit wird schon auf sich aufpassen, und außerdem sind wir ja auch noch da.«
»Ja, ja«, murrte Pepper. »Wenn du in die Bredouille kommst, mein Junge, dann rollt die Alte an und haut dich raus!«
Alle lachten, auch die Alte. Und keiner ahnte, daß Pepper mit seinem Ausspruch gar nicht so unrecht hatte.

Das Bombenattentat

Zimmer 124 Elisabethenkrankenhaus.
Arnica lag in einem tiefen, traumlosen Schlaf. An der Tür standen ihre Eltern. Sie waren zwei Stunden dagewesen, aber das Mädchen hatte nicht ein einziges Mal die Augen geöffnet.
Herr Ewald und seine Frau betraten den langen Korridor. Es roch nach Bohnerwachs. Ein Arzt kam ihnen entgegen.
»Nun, Doktor?« fragte Herr Ewald knapp.
»Die Krise ist noch nicht überstanden. Wir haben ihr starke, schmerzlindernde und beruhigende Medikamente gegeben,

damit sie schlafen kann. In zwei Tagen wissen wir, ob sie die Krise übersteht, oder...« Der Arzt verstummte.
Frau Ewalds Hände krallten sich in den Oberarm ihres Mannes. Er nickte nur verstehend und zog seine Frau mit sich den Gang hinunter, während der Doktor mit besorgtem Blick Arnicas Zimmer betrat.
»Ich habe heute nacht die Polizeiberichte gelesen«, sagte Ewald leise zu seiner Frau. »Ein Freund aus dem Präsidium hat mir Kopien zukommen lassen. Die Schuldigen stehen fest, doch die Polizei ermittelt weiter. Es wird vorderhand keine Verhaftungen geben.«
Seine Frau sah ihn verständnislos an.
»Daß du dich damit jetzt beschäftigen kannst?«
»Tag und Nacht befasse ich mich damit. Der Schuldige muß seine Tat sühnen, und wenn das die Gerichte nicht besorgen, werde ich es selbst tun.«
Frau Ewald riß entsetzt die Augen auf.
»Das kannst du doch nicht!«
»Das werden wir ja sehen!« Ewalds Gesicht hatte einen entschlossenen Ausdruck.

Etwa zur gleichen Zeit erschien Peter Küster, genannt Pit, bei seinem Ferienjob-Arbeitgeber. Er hatte seinen Freund Jonny im Schlepptau. Ein junger Mann in einem blauen Overall kam auf sie zu.
»Ist einer von euch der Schüler, der hier arbeiten soll?«
»Ich«, antwortete Pit.
Der Mann im Overall sah auf die Uhr. »Zwei Minuten zu spät!«
Pit und Jonny tauschten überraschte Blicke. Das fing ja gut an.
»Ich heiße Pfefferkorn und bin Chef vom Lagerplatz. Hier geht nichts raus und kommt nichts rein, was nicht von mir kontrolliert und genehmigt ist.«
»Klar, Herr Pfefferkorn.«
Pit sah seinen neuen Chef an. Er war kaum größer als er selbst, aber dünner und dabei doch muskulöser. Er trug den Overall

auf der nackten Haut. Beide Arme waren mit Tätowierungen übersät. Das Gesicht war sehr schmal und wurde von einer langen, spitzen Nase bestimmt. Es hatte etwas von einem Fuchs. Die Augenbrauen waren dünn und standen seltsam struppig ab. Auf dem Kopf trug Pfefferkorn eine zerknautschte, blaue Mütze.

»Wenn du deine Besichtigung beendet hast, kannst du dort hinten anfangen. Da liegen einige Stapel Bretter von einer Verschalung. Wir haben sie im Eilverfahren abgerissen. Jetzt müssen sie entnagelt und die Mörtelreste abgekratzt werden.«

Der Mann deutete auf eine flache Bretterhütte.

»In der Hütte findest du das nötige Werkzeug. Und wenn es einmal regnet, kannst du auch da drinnen arbeiten.«

Pit nickte, blieb aber noch stehen.

»Ist noch was?« fragte Pfefferkorn.

»Ja, ist es wohl möglich, daß mein Freund auch hier arbeiten kann?« wollte Pit wissen.

»Das entscheidet der Chef, Herr Consilius.«

»Und wo finde ich den?«

»Du findest ihn jetzt gar nicht, weil du nämlich etwas arbeiten sollst. Dein Kumpel kann ja alleine hingehen.«

Pfefferkorn schob sich eine halbgerauchte, erkaltete Zigarette in den Mundwinkel, zündete sie aber nicht an.

»Wo finde ich Herrn Consilius?« erkundigte sich Jonny.

Pfefferkorn deutete stumm auf einen flachen Neubau, der das Lagergrundstück nach Norden hin abschloß.

»Dort ist das Büro!«

»Bin schon unterwegs.«

Jonny trabte los, und Pit ging in den Schuppen, um sich Hammer, Zange und eine stabile Spachtel zu holen. Das Werkzeug lag kreuz und quer in einer großen Kiste. Er fand nach einigem Suchen sogar einen Hammer mit Nagelzieher.

Als er wieder auf den Platz hinaustrat, war Pfefferkorn bereits auf einen Gabelstapler geklettert und hatte das Fahrzeug in Gang gesetzt. Langsam tuckerte er an Pit vorbei. Die Zigarette

wippte in seinem Mundwinkel. Er hatte sie noch immer nicht angezündet.
Pit baute sich zuerst zwei Böcke, so daß er die Bretter in einer geschickten Arbeitshöhe auflegen konnte. Dann begann er die Arbeit. Die Nägel waren verrostet und saßen krumm und schief in den Brettern. Bevor er sie herausziehen konnte, mußte er sie erst gerade klopfen. Aber Pit war in solchen Dingen außerordentlich geschickt. Er kam gut voran und als Jonny wieder bei ihm erschien, war der Stapel entnagelter Bretter fast einen Meter hoch.
»Donnerwetter, das geht ja schnell!« rief Jonny.
»Hast du deinen Job?«
»Ja, ohne Schwierigkeiten. Ich soll sogar lernen, einen Gabelstapler zu bedienen.«
»Das glaube ich nicht!«
»Doch, bestimmt. Herr Consilius sucht dringend Leute. Er hat wohl gerade drei oder vier entlassen.«
Pit legte den Hammer hin. »Wann? Hat er das gesagt?«
»Na ja, gestern oder vorgestern, was weiß ich.«
»Und dabei fällt dir nichts auf?«
»Nein, eigentlich nicht.«
»Mann, denk doch mal nach. Es könnte doch sein, daß die Leute zu viel wußten!«
»Glaube ich nicht. Einer, der entlassen ist, braucht doch den Mund nicht mehr zu halten, oder?«
»Tja, da hast du auch wieder recht. Aber eigenartig ist es trotzdem.«
Jonny meldete sich bei Pfefferkorn als neue Arbeitskraft. Er mußte dem Lagerverwalter zur Hand gehen, Fässer stapeln, beim Verladen und Entladen helfen, den Fahrer eines Lastzuges einweisen. Pit schaute ab und an zu dem Freund herüber und ärgerte sich über seine eigene stumpfsinnige Arbeit. Dann machte er sich wieder wütend über die verrosteten Nägel her.
Um zwölf Uhr pfiff Pfefferkorn durch die Finger und rief: »Mittagszeit!«

Sie trafen sich vor dem Schuppen auf einer langen Bank. Pit taten die Hände, die Arme und die Schultern weh. Jonny fühlte eine starke Müdigkeit am ganzen Körper. Pfefferkorn schob sich ein Stück Wurst in den Mund und nickte zu dem Bretterstapel hinüber.

»Du mußt ja nicht gleich derartig übertreiben. Arbeite regelmäßig, aber nicht so schnell. Du verdirbst sonst die Preise. Anton braucht für den gleichen Stapel drei Tage, und du hast jetzt schon bald die Hälfte.«

»Wer ist Anton?« fragte Jonny.

»Ein Kollege.«

»Ist er im Urlaub?«

Pfefferkorn lachte ein wenig in sich hinein.

»So etwas ähnliches.«

»Was ist denn so etwas ähnliches?« faßte Pit nach. »Ist er zur Kur gefahren?«

Jetzt lachte Pfefferkorn laut auf.

»Das ist gut, das ist noch besser als Ferien.«

Die beiden Jungen starrten ihn unsicher an. Schließlich meinte Jonny: »Ach, ich verstehe, er ist im Gefängnis.«

Pfefferkorn warf dem Jungen einen durchdringenden Blick zu.

»Was redest du denn da für einen Blödsinn. Der Anton doch nicht. Er hat lediglich bezahlten Urlaub. Der Chef hat ihn und noch zwei Kollegen freigestellt. Von jetzt auf nachher, einfach so. Er hat ihnen sogar sein Haus in Spanien zur Verfügung gestellt. Das mußt du dir einmal vorstellen!«

Pfefferkorn hatte in einer halben Minute mehr gesprochen, als den ganzen Vormittag über.

Pit fragte: »Und wann sind Sie dran?«

»Ich, wieso?«

»Na ja, sicher darf doch jeder einmal so einen Urlaub machen.«

»Weiß ich nicht. Ich bin erst seit einem Jahr in der Firma. Die anderen sind schon seit mindestens fünfzehn Jahren bei Consilius.«

Jonny schüttelte den Kopf. »Also, ehrlich gesagt, auf mich hat

der Consilius gar keinen so menschenfreundlichen Eindruck gemacht.«
Pfefferkorn kicherte. »Auf mich bis jetzt auch noch nicht.« Doch dann redete er während der ganzen Mittagspause nichts mehr. Auf weitere Fragen der beiden Jungen gab er nur mit einem Brummen oder einem Schulterzucken Antwort. Schließlich stand er auf und sagte: »Ich werde mir noch etwas die Füße vertreten!«
Er ging über den Platz, kickte eine leere Coladose vor sich her und verschwand hinter einem der Lastwagen.
»Wollen wir uns mal ein bißchen umsehen?« fragte Pit.
Jonny nickte und stand ächzend auf. »Morgen habe ich bestimmt einen unheimlichen Muskelkater.«
Pit nickte. »Ich spüre auch jeden Knochen und jeden Muskel einzeln.«
Sie schlenderten durch das Gelände. Es machte einen unaufgeräumten Eindruck. Fässer, Bretterstapel, Kisten und Container lagen und standen kreuz und quer herum. Nur die Lastwagen, darunter zwei schwere Tieflader, waren ordentlich am südlichen Ende des Platzes geparkt.
Die beiden Jungen kamen zu dem flachen Neubau. Die Fenster waren nur angelehnt, die Jalousien gegen die Sonne heruntergelassen. Consilius saß an seinem Schreibtisch und war von Aktenordnern eingemauert. Vor ihm stand eine Rechenmaschine. Consilius tippte Zahlen ein, die er offensichtlich den Ordnern entnahm. Er wirkte angestrengt und schwitzte heftig.
Als er den Kopf hob und die beiden Jungen am Fenster erblickte, sagte Pit schnell: »Guten Tag, Herr Consilius.«
Consilius stand auf und trat ans Fenster. Er war ein schwerer Mann und man hatte den Eindruck, als ob er seinen Körper schieben müßte. Sein fleischiges Gesicht wirkte unfreundlich. Der Kopf saß auf einem dicken, speckigen Hals. Consilius hatte eine Glatze, die jetzt, als er ans Fenster trat, in der Sonne glänzte.
»Wer von euch kann gut mit Zahlen umgehen?«

Jonny deutete auf seinen Freund: »Der Pit hat immer eine Eins oder Zwei in Mathe. Ich habe solche Noten nur im Sport.«
Consilius grinste. »Na, dann komm mal rein und hilf mir bei diesen vermaledeiten Rechnungen.«
»Ich weiß nicht, ob ich das kann«, erwiderte Pit vorsichtig, »außerdem sind da auch noch die Bretter...«
»Ist dir vielleicht entgangen, wer hier der Chef ist?«
»Nein, natürlich nicht.«
»Also, dann komm rein.«
Jonny fragte: »Haben Sie keinen Buchhalter, Herr Consilius?«
»Meine Buchhalterin ist zur Zeit im Urlaub«, gab er zur Antwort. »Du sagst Pfefferkorn Bescheid, daß dein Kumpel den Nachmittag über hier aushilft!«
»Okay«, Jonny machte Anstalten zu gehen und sagte zu sich selbst: »Davon bekommt er wenigstens keinen Muskelkater.«
Pit betrat das Büro. Es hatte nach beiden Seiten Fenster und war aus einfachen Fertigbauteilen zusammengefügt. Die Sonne hatte das Büro kräftig aufgeheizt. Auf dem riesigen Schreibtisch drehte sich ein Ventilator und ließ die Blätter, die verstreut herumlagen, in der Zugluft zittern.
Consilius versank in seinem Schreibtischsessel, ächzte und wies Pit mit einer Handbewegung den Platz gegenüber an.
»Ein Unglück kommt selten allein«, stöhnte der Transportunternehmer. »Zuerst kommt die Polizei ins Haus und dann auch noch die Steuerprüfung. Ich bin sicher, das hat etwas miteinander zu tun. Die wollen mich aufs Kreuz legen.«
»Ich verstehe Sie nicht«, sagte Pit vorsichtig.
»Brauchst du auch nicht. Kümmere dich nicht darum. Ich rede neuerdings mit mir selbst.«
Er schob einen Berg Ordner über den Tisch.
»Wir müssen die Rechnungen nach Firmen addieren. Im Ordner sind sie jedoch nach Datum abgelegt. Aber der Herr Steuerprüfer will wissen, wer uns wieviel bezahlt hat. Ich bin gerade bei der Firma ›Neuchemie‹. Die Rechnung vom 16. 12. habe ich schon. Jetzt suchst du mal weiter, wann die nächsten kommen.

Nur ›Neuchemie‹, verstanden?«

»Verstanden!«

Pit begann zu blättern und gab dem Chef nacheinander die Rechnungsbeträge an.

Immer wieder glitten auch Rechnungsformulare mit der Firmenaufschrift ›Regener Chemie‹ durch Pits Hände. Zu gerne hätte er sie sich genauer angesehen, aber das hätte Consilius sicherlich stutzig gemacht. Mit der Zeit machte die Arbeit dem Jungen sogar Spaß.

Jonny stapelte unterdessen mit Pfefferkorn zusammen schmale, aber schwere Kisten in einen Bahncontainer.

Niemand bemerkte den schwarzen Wagen, der hinter den geparkten Lastzügen vorbeirollte und im Schatten einer Baracke auf dem Nachbargrundstück stehenblieb. Die Sonne brannte heiß vom Himmel. Wer um diese Zeit nicht draußen sein mußte, blieb in den kühlen Räumen seiner Wohnung oder seines Arbeitsplatzes. So konnte sich der Fahrer des Wagens ungesehen an die schweren Lastzüge heranschleichen und seinen Angriff vorbereiten.

»Ich glaube, wir haben die ›Neuchemie‹ jetzt komplett«, sagte Pit.

»Gut, hast du die Rechnungen aus den Ordnern genommen?«

»Ja, genau wie Sie gesagt haben.«

»Gut. Dort drüben steht das Kopiergerät. Du machst jetzt von jeder Rechnung zwei Kopien und ordnest sie nach Datum. Und bring' mir ja nichts durcheinander.«

Das Kopiergerät stand an der Stirnwand. Pit wußte, wie man mit dem Apparat umging. Er stellte den Zähler auf zwei und legte das erste Blatt ein. Noch bevor das Gerät zu surren begann, hörte er auf der rückwärtigen Seite des Bürohauses leise Schritte auf dem Kies knirschen. Er dachte sich nichts dabei. Jetzt drückte er auf den Knopf mit der Aufschrift ›on‹.

Das helle Kopierlicht fiel durch einen schmalen Spalt zwischen Deckel und Glasplatte. Der Wagen fuhr hin und her und dann sofort noch einmal.

Eine Fensterscheibe zerbarst dicht neben Pit. Ein runder Gegenstand flog in den Raum, prallte gegen den Schreibtisch, rollte auf dem Dielenfußboden zwei Meter zurück und kullerte dann aus. An einem Ende glühte eine Schnur. Sie ließ eine kleine Rauchfahne aufsteigen. Pit starrte das Ding entsetzt an. Es wirkte unglaublich bedrohlich auf ihn. Und dann, ohne recht zu wissen, was er tat, stürzte er nach vorne und ergriff die Kugel. Sie fühlte sich kalt und glatt an, dann warf er sie durch das Fenster hinaus auf den Hof.

Eine gewaltige Detonation folgte. Eine Stichflamme schoß in die Höhe. Kieselsteine und Erdbrocken prasselten gegen die dünnen Wände des Hauses und die Fenster. Eine weitere Scheibe ging zu Bruch.

Hinter den aufgestellten Lastwagen fuhr eine schwarze Limousine vorbei. Niemand hatte den Fahrer einsteigen sehen.

Consilius saß noch immer in seinem Sessel hinter dem Schreibtisch. Seine Hand krampfte sich um seinen dicken Hals, er rang nach Atem. Das sonst so rosige Gesicht war jetzt kreideweiß.

Jonny hatte gerade eine Stahltrosse um drei aufgeschichtete Fässer gezogen und festgehakt. Pfefferkorn hatte begonnen, die Ladung mit einem kleinen Kran hochzuziehen und auf die Ladefläche eines Lastwagenanhängers zu schwenken, als die Detonation krachte und die Druckwelle der Explosion die Bretterwände des Lagerschuppens nach innen drückte.

Jonny stürzte auf den Platz hinaus. Pfefferkorn sprang mit einem Satz von seinem Kransitz herunter. Die Bombe hatte nur wenige Meter hinter dem Bürogebäude ein tiefes Loch in den Boden gerissen. Flammen züngelten heraus und drohten auf einen Bretterstapel überzugreifen. Das Feuer kroch unregelmäßig aufflackernd über den Boden und fand Nahrung in herumliegenden Sägespänen, Holzrinde, kleinen Ästen.

»Um Gottes willen, die Benzinfässer!« schrie Pfefferkorn plötzlich.

Etwa zehn Meter hinter dem Bürogebäude stand die firmeneigene Tankstelle mit einer einfachen Dieselzapfsäule. Daneben lagerten ein paar Fässer mit Normalbenzin. Consilius hatte sie günstig von der Firma bekommen, die ihm das Dieselöl lieferte, und aus Bequemlichkeit gleich bei der Zapfsäule liegen lassen. Mit weit vorgerecktem Kopf und schwingenden Armen rannte Pfefferkorn auf die Fässer zu. Jonny folgte ihm zögernd. Das Feuer hatte jetzt einen Abfallkorb erreicht, in dem Papier, Öllappen und alte Kartons lagen. Das Gemisch brannte wie Zunder. Eine immer stärker werdende, gelbrote Flamme züngelte zum Himmel. Dicker, schwarzer Rauch bildete sich an ihren Rändern.

Pit sah Pfefferkorn und Jonny auf das Feuer zurennen. Jetzt erwachte auch er aus seiner lähmenden Erstarrung. Er schaute sich um. Consilius saß noch immer unverändert da und japste nach Luft.

»Einen Feuerlöscher!« schrie Pit.

Consilius deutete an die Wand hinter dem Kopiergerät. Tatsächlich, da hing ein Feuerlöscher, allerdings war er zwischen Schrank und Kopierapparat so eingeklemmt, daß Pit erst den Apparat wegrücken mußte, um an die rote Flasche zu kommen. Consilius machte einen Versuch aufzustehen, um dem Jungen zu helfen, aber er sackte kraftlos in seinen Sessel zurück.

Pfefferkorn hatte inzwischen die Tankstelle erreicht. Er packte das oberste Faß und zog es an sich heran.

»Vorsicht!« brüllte Jonny, »sie kommen ins Rutschen!«

Pfefferkorn sprang zurück. Die Fässer machten sich selbständig. Die obersten rollten herunter, die unteren kamen ebenfalls in Bewegung, aber sie bewegten sich nicht alle vom Feuer weg. Als ob sie sich gegenseitig abgestoßen hätten, rollten sie in entgegengesetzte Richtungen. Zwei kullerten gemütlich auf die Flamme zu, die noch immer aus dem Abfallkorb herausloderte. Pit machte sich nicht die Mühe, durch die Tür zu gehen. Er riß das zerbrochene Fenster auf. Ein Regen feiner Glassplitter ging über ihn nieder. Der Fensterrahmen brach heraus. Mit einem Satz war Pit auf dem Hof. Den Schlauch des Feuerlöschers hatte er in der linken Hand, mit der rechten hielt er den Trag-

bügel. Sein Daumen lag auf dem Auslöserknopf. Er hatte den Brandherd noch nicht erreicht, da zischte schon die erste Schaumkaskade aus der Düse des Schlauches. Weißer, flockiger Schaum breitete sich über die Feuerspur.
»Gut so!« schrie Pfefferkorn begeistert, »weiter, hierher, die Fässer, sprüh auf die Fässer!«
Pit stand jetzt breitbeinig vor dem brennenden Abfallkorb und löschte die Flammen, während Pfefferkorn und Jonny umhersprangen und überall dort die kleinen Brandherde mit den Schuhen austraten, wo Flämmchen neu emporzüngelten.
Nach zwei Minuten war der ganze Spuk vorbei.
»Wo ist eigentlich der Chef?« fragte Pfefferkorn.
Pit nickte zum Büro hinüber.
Nebeneinander gingen die drei zu dem demolierten Fenster. In der Ferne hörte man die Sirene eines Feuerwehrautos. Consilius hatte sich erholt. Er stand jetzt leicht schwankend neben seinem Schreibtisch und sah zu den dreien herüber.
»Wer kann das bloß getan haben?« fragte er dumpf.
»Wir müssen die Polizei anrufen«, sagte Pit.
»Schon wieder die Polizei!« stöhnte der Fuhrunternehmer.
Ein Löschzug der städtischen Feuerwehr bog in das Gelände ein. Pfefferkorn ging dem roten Wagen entgegen. Ein Mann mit einem glänzenden Helm sprang ab.
»Wir sind alarmiert worden!«
»Muß ein Nachbar gewesen sein«, antwortete Pfefferkorn, »wir sind nicht dazu gekommen.«
Er deutete mit dem Arm auf den Krater, den die Bombe gerissen hatte und auf die schwarzverkohlten Stellen am Boden, über denen der Löschschaum nun schon zusammenfiel wie alt gewordene Schlagsahne.
»Wie ist das passiert?« fragte der Feuerwehrmann.
»Eine Bombe!« erwiderte Pit, der nun zu den beiden Männern trat.
»Das gibt es doch nicht!« rief ein zweiter Feuerwehrmann vom Wagen her, »die nehmen uns auf den Arm, Kommandant!«

Der Kommandant sah Pit scharf an. »Also, laß die Scherze, ja?«
Aber Pfefferkorn nahm den Jungen in Schutz.
»Er hat völlig recht. Irgend jemand hat eine Bombe dorthin geworfen.«
»Nicht dorthin«, rief jetzt Consilius, der seinen schweren Körper auf sie zuschob, »zuerst in mein Büro. Aber dieser junge Mitarbeiter«, er legte dabei seinen Arm um Pits Schultern, »hat geistesgegenwärtig das Ding wieder aus dem Fenster befördert, sonst würden wir alle beide jetzt nicht mehr leben!«
Dieser Gedanke schien ihm erst in dem Augenblick bewußt zu werden, als er ihn aussprach. Die Farbe seines Gesichtes wechselte wieder von rot nach weiß. Er schwankte und stützte sich schwer auf Pit.
»Nicht schlecht!« lobte der Kommandant Pit. Dann wandte er sich an den zweiten Feuerwehrmann: »Polizei verständigen, Brandstelle absperren, Experten anfordern und so weiter. Klar?«
Der zweite Feuerwehrmann salutierte und drehte sich auf den Hacken um.
Es war wie eine komische Szene im Kino. Jonny und Pit mußten an sich halten, um über das zackig militärische Gehabe der Löschmänner nicht laut loszulachen.
Der Druck auf Pits Schultern ließ nach. Consilius konnte wieder auf eigenen Beinen stehen. Er räusperte sich und sagte zu dem Kommandanten: »Tun Sie, was Sie für notwendig halten, ich habe zu arbeiten.« Und zu Pit sagte er: »Los, wir machen weiter!«
Auch Pfefferkorn und Jonny schickte er wieder an die Arbeit. Offensichtlich hatte er das Bombenattentat abgehakt. Auf dem Weg zum Büro meinte Pit: »Das macht Ihnen wohl gar nichts aus?«
»Ich habe mit so etwas gerechnet«, entgegnete Consilius finster. »Man hat Neider, Konkurrenten, Feinde.«
»Meinen Sie, es hat etwas mit der Giftmüllgeschichte zu tun?« fragte Pit.

Der Dicke blieb abrupt stehen. »Wie kommst du darauf?«
»Ich hab' es in der Zeitung gelesen. Außerdem kenne ich das Mädchen flüchtig, dem das passiert ist.«
Pepper pflegte immer zu sagen: ›Wenn du schon lügen mußt, dann bleib wenigstens so dicht wie möglich bei der Wahrheit.‹
Consilius sah Pit mißtrauisch an. »Und weiter nichts?«
Pit schüttelte den Kopf.
»Na ja«, sagte Consilius unbestimmt, »man kann nicht ausschließen, daß irgendwelche Verrückte, die mir die Schuld in die Schuhe schieben wollen ... aber lassen wir das Spekulieren. Die Polizei wird schon dahinterkommen, wer es war.«
Sie betraten das Büro, und Consilius setzte sich sofort wieder an seinen Schreibtisch. »Wo waren wir stehengeblieben?« fragte er.
Pit hatte sich noch nicht gesetzt. Er schaute Consilius an. War das denn möglich, daß er kein Wort des Dankes dafür hatte, daß er ihm das Leben gerettet hatte? Langsam setzte sich Pit.
Consilius zog seine Schreibtischschublade auf, zerrte einen Schlüsselbund aus seiner Hosentasche, entnahm der Schublade eine rechteckige, grüne Kassette, schloß sie auf und zog ein paar Hundertmarkscheine hervor. Mit einem hellen Schlag fiel der Deckel der Kassette wieder zu.
»Da! Ich denke, du hast mir das Leben gerettet. Das ist für dich!«
Pit starrte auf die Geldscheine. Consilius hatte sie wahllos herausgezogen und nicht gezählt. Er hielt ihm die Hunderter hin wie Altpapier.
»Ich will kein Geld!« antwortete Pit, den die Szene anwiderte, obwohl er nicht genau sagen konnte, warum.
»Nun nimm schon. Geld braucht jeder, warum arbeitest du denn sonst hier?«
Consilius schien ein Gedanke zu kommen. Er zog die Hand mit dem Geld ganz langsam wieder zurück. Seine kleinen Augen, die in seinem fetten Gesicht fast verschwanden, verengten sich noch ein wenig. »Oder warum bist du sonst da?«

»Natürlich um Geld zu verdienen. Ich will mir ein neues Fahrrad kaufen, und in den Herbstferien habe ich eine Tour vor. Das kostet alles Geld!«
»Warum willst du dann das Geld nicht?«
»Ich weiß nicht recht.«
»Nimm endlich!« Consilius stieß die Hand wieder nach vorne. Zögernd griff der Junge zu. In diesem Augenblick sprang die Tür auf.
»Ist das Schweigegeld, oder was?« bellte Rübenach, der breitbeinig auf der Schwelle stehenblieb.
›Jetzt ist alles aus‹, dachte Pit, ›Rübenach wird mich entlarven.‹ Pit steckte das Geld schnell in die hintere Hosentasche und erhob sich halb.
»Bleiben Sie sitzen!« posaunte Rübenach.
Was war jetzt passiert? Noch nie hatte der Kommissar ihn gesiezt, obwohl Pit schon sechzehn Jahre alt war und von vielen Leuten bereits mit ›Sie‹ angesprochen wurde.
»Jawohl«, antwortete Pit leise.
Rübenach machte einen Schritt ins Zimmer und sagte zu Pit: »Sind Sie ein Angestellter des Hauses hier?«
»Aushilfe, ja!«
»Seit heute?«
»Ja!«
»Aha, deshalb habe ich Sie gestern hier nicht bemerkt. Was arbeiten Sie?«
»Er hilft mir bei der Abrechnung für die Steuerprüfung. Die ist nämlich zu allem Überfluß auch noch hier aufgetaucht. Ein Schrecken kommt selten allein!«
Consilius fuhr sich mit dem Taschentuch über Stirn und Glatze und lockerte seinen Hemdkragen.
»Lassen Sie mich mit Herrn Consilius allein!« befahl Rübenach.
»Er hat die Bombe aus dem Fenster geworfen«, sagte Consilius, »ohne ihn wäre ich hier drin wahrscheinlich bei lebendigem Leib verbrannt!«

Rübenach schien diese Vorstellung zu amüsieren. Jedenfalls grinste er breit und wippte dabei herausfordernd auf den Zehen.
»Haben Sie eine Vorstellung, wer es gewesen sein könnte?« hörte Pit Rübezahl gerade noch sagen, dann war er draußen auf dem Hof. Jonny kam ihm entgegengerannt.
»Ganz schön doof, was?« rief er leise.
»Ne, der Rübezahl tut so, als ob er mich überhaupt nicht kennen würde.«
»Was, ehrlich?«
»Ja, er hat mich mit ›Sie‹ angesprochen und wie einen Fremden behandelt.«
»Und dabei bist du ernst geblieben?«
»Mann, hatte ich Angst, daß er gleich sagen würde: ›Peter Küster, was machst du hier? Mischst du dich schon wieder in einen Fall ein. Und wo du bist ist ja sicher auch dieser Johannes Bergemaier nicht weit, und womöglich lauert dieser Privatschnüffler Pepper gleich hinter dem nächsten Bretterstapel.‹«
Jonny kicherte. »Und statt dessen...« weiter kam er nicht, denn Rübenach stapfte die zwei Treppen von der Bürotür herunter in den Hof und kam direkt auf sie zu.
»Au Backe!« murmelte Jonny.
Dann war der Kommissar auch schon bei ihnen. Mit einem bösen Lächeln sagte er: »Würden mich die beiden Herren Mitarbeiter des Herrn Consilius wohl ein paar Schritte begleiten?«
Links und rechts von Rübenach gingen sie mit ihm auf das Dienstfahrzeug zu. Rübezahl hatte die Hände auf dem Rücken verschränkt und bei jedem Schritt schoß sein vierkantiger Kopf ein Stückchen nach vorne. Das gab ihm ein wenig das Aussehen eines Gockels.
»Also, was macht ihr hier?« stieß er zwischen den Zähnen hervor.
»Arbeiten«, antwortete Jonny.
Pit sah ein, daß Drumherumreden jetzt nicht mehr viel nützen konnte.

»Natürlich haben wir gehofft, was herauszubekommen.«
»Und habt ihr?«
Die beiden sahen sich an.
»Na, was ist los?«
Man mußte Rübezahl gnädig stimmen, so viel stand für Pit fest.
»Nicht viel. Consilius hat drei Mitarbeitern einen Sonderurlaub spendiert. In seinem Ferienhaus in Spanien. Deshalb braucht er auch Aushilfskräfte.«
»Wer hat euch das erzählt?«
»Pfefferkorn«, erwiderte Jonny.
»Mir hat er nichts davon gesagt!« brummte Rübenach ärgerlich.
»Wir sind ja auch nicht von der Polizei«, meinte Pit und grinste ein wenig.
»Aber manchmal könnte man den Eindruck haben – von der Privatpolizei Pepper & Co. Wer hat die Bombe geworfen?«
»Keine Ahnung!« entgegnete Pit.
»Ehrlich!« bekräftigte Jonny.
Rübenach blieb stehen und nahm die Hände vom Rücken. Er rieb sie, als ob ihm trotz der gnadenlosen Sommerhitze kalt wäre. »Ihr könnt euch denken, auf wen der Verdacht fällt?«
»Ewald?« fragten beide wie aus einem Mund.
»Richtig!«
»Kann ich mir nicht vorstellen«, meinte Pit.
Und auch Jonny schüttelte nachdrücklich den Kopf.
»Der ist doch beim Justizministerium!«
»Und warum ist er euch gleich eingefallen?« fragte Rübezahl lauernd.
»Pepper hat gesagt«, setzte Jonny an, aber Rübenach unterbrach ihn grob. »Pepper, Pepper – ich kann den Namen nicht mehr hören. Pepper hat gesagt...! Ja, es stimmt, Herr Ewald ist in einer sehr schwierigen Gemütsverfassung. Und das kann man auch gut verstehen. Aber er ist ganz bestimmt kein Mann, der Bomben baut und wirft.«
»Eben!« sagte Pit.

Aber Rübenach hob die flachen Hände und drehte sie hin und her. »Man muß die Bombe ja nicht selbst basteln und werfen. Man kann auch jemanden damit beauftragen. Ein Mann wie Ewald muß nur in seinen Akten stöbern, um die richtigen Spezialisten zu finden. Das wäre – wenn es geklappt hätte – Anstiftung zum Mord!«
»Aber vielleicht war er es ja gar nicht.«
»Hoffen wir es, mein Sohn, hoffen wir es!«
Bei ›mein Sohn‹ hatte Pit das Gesicht verzogen wie unter Zahnschmerzen.
Jetzt sagte Rübenach: »Von mir aus bleibt ihr weiter auf dem Posten hier. Aber nur, wenn ich alles erfahre, was ihr herausbekommt. Pepper soll einstweilen ein paar Kaufhausdiebe fangen oder die Belohnung von seinem letzten Fall verjubeln!«
Damit war die Diskussion für den Kommissar beendet. Er machte auf dem Absatz kehrt und stapfte wieder auf den ausgedehnten Hof. Erst bei der Absperrung um den Krater blieb er stehen und ließ sich von den Feuerwehrleuten und seinen Kollegen aus der Abteilung Spurensicherung Bericht erstatten.
Jonny ging wieder zu Pfefferkorn, der auf einem ausgedienten, alten Autositz saß und sich eine Zigarette drehte. Pit kehrte an den Schreibtisch im Büro zurück. Als er sich auf den Stuhl setzte, knisterten die Hundertmarkscheine in seiner Gesäßtasche.

Sechs Kugeln sind im Magazin

Kommissar Rübenach fühlte sich unbehaglich. Er saß dem Ministerialdirektor Ewald gegenüber. Zwischen ihnen, auf Ewalds Schreibtisch, lagen zahlreiche Zeitungsausschnitte mit Überschriften wie ›Die Polizei erfolglos!‹ oder ›Fahnder tappen noch immer im Dunkeln!‹
»Ich muß Sie fragen, wo Sie heute mittag gegen ein Uhr waren!« sagte Rübenach.

»Brauche ich etwa ein Alibi?« fragte der Ministerialdirektor.
»Sie kennen das doch, Herr Dr. Ewald. Schließlich waren Sie auch so unklug, jedem zu erzählen, daß Sie den Täter selbst zur Strecke bringen wollen.«
»Das werde ich auch, wenn es Ihnen nicht gelingt.«
»Wir schaffen das schon. Also, wo waren Sie?«
»Im Krankenhaus.«
»Allein?«
»Ja!«
»Haben Sie mit dem Arzt oder der Schwester gesprochen?«
»Nein!«
»Oder mit sonst jemandem?«
»Zur Zeit ist mir nicht nach Gesprächen. Auch diese Unterhaltung zehrt an meinen Nerven.«
Rübenach nickte und kratzte sich hinter dem linken Ohr. »Kann ich verstehen. Na ja, irgend jemand hat Sie bestimmt gesehen!«
Ewald zuckte die Achseln.
»Warum fragen Sie überhaupt danach?«
»Auf Consilius ist ein Bombenattentat verübt worden.«
»Und?«
»Er hat es überlebt«, Rübenach stand auf.
»Unkraut verdirbt nicht«, entgegnete Ewald bissig.
»Wir konnten Consilius bisher nichts nachweisen. Und für uns heißt es ebenso wie für Sie als Jurist: Im Zweifelsfall für den Angeklagten. Jeder ist solange unschuldig, bis seine Schuld bewiesen ist.«
»Ja, ja, ja!« Dr. Ewald begleitete jedes ›ja‹ mit einem Faustschlag auf die Tischplatte. »Aber wer, bitteschön, soll denn sonst für die Giftmüllfässer im Bergener Wald verantwortlich sein?«
»Das versuchen wir ja gerade herauszubekommen.«
»Für mich liegt die Schuld klar auf der Hand.« Ministerialdirektor Ewald ließ sich von seiner vorgefaßten Meinung nicht mehr abbringen.

Rübenach sagte: »Sie haben wahrscheinlich recht, aber ›wahrscheinlich‹ ist nicht genug. Wir müssen sicher sein.«
Er ging grußlos hinaus. Ewald starrte noch eine Weile auf die geschlossene Tür.

Paul Pepper hörte erst am Abend von dem Bombenanschlag. Aufmerksam, und ohne einmal zu unterbrechen, lauschte er Pit und Jonnys Bericht.
»Ich kann nicht glauben, daß Arnicas Vater etwas mit dem Bombenanschlag zu tun hat«, sagte er nachdenklich, »und wenn jemand anderer die Bombe geworfen hat, dann ist das eine ganz vertrackte Geschichte. Da stecken womöglich Dinge dahinter, die wir nicht einmal ahnen können.«
Die beiden Jungen sahen sich ratlos an. Sie waren müde von ihrem ersten Arbeitstag, und tags darauf mußten sie um sieben Uhr wieder antreten. Pit hatte sich vorgenommen, auf die Minute pünktlich zu sein.

In der Nacht kam Arnica zu sich. Eine Schwester saß an ihrem Bett.
»Ich habe Durst«, sagte das Mädchen mit überraschend klarer Stimme.
Die Schwester reichte Arnica die bereitstehende Schnabeltasse und stützte ihren Kopf beim Trinken.
»Was ist mit mir passiert?« fragte Arnica.
»Weißt du das nicht mehr?«
»Nein – ich bin doch hier im Krankenhaus, oder?«
»Mhm, gut aufgehoben, bestens betreut. Aber jetzt muß ich den Chefarzt holen. Er wollte unbedingt unterrichtet werden, wenn du zu dir kommst.«
Die Schwester ging zur Tür.
»Wie heißen Sie?« fragte Arnica.
»Schwester Hannelore.«
Es dauerte nur wenige Augenblicke, da stand der Arzt an ihrem Bett.

»Wie fühlst du dich?« erkundigte er sich.
»Bescheiden!« antwortete Arnica.
Der Arzt und die Schwester mußten lachen.
»Na, hervorragend!« Der Doktor fühlte ihren Puls. »Ich glaube, du hast es ge..., ich meine, du bist auf dem Weg der Besserung.« Er sah auf die Uhr. »Vielleicht kann ich Deine Eltern noch erreichen. Es ist zwar gleich Mitternacht, aber versuchen kann ich es ja.«
Der Chefarzt verabschiedete sich von Arnica und ging zurück in sein Zimmer. Er wählte die Telefonnummer von Arnicas Eltern, doch bei Ewalds meldete sich niemand.
»Seltsam«, sagte der Arzt leise. Der Zeiger seiner Armbanduhr rückte auf Mitternacht vor.

Fast zur gleichen Zeit schaute auch Paul Pepper auf seine Uhr. Er hatte seinen Wagen abgestellt und war die letzten fünfhundert Meter zu Fuß gegangen. Jetzt befand er sich am Rand des Firmengeländes von Consilius. Er war unschlüssig, ob er weitergehen sollte. Vor wenigen Augenblicken hatten noch zwei Hunde angeschlagen, und es bestand für ihn kein Zweifel, daß das Gebell von Consilius' Gelände gekommen war.
Jetzt war es seltsam ruhig. Nur irgendwo, weit hinter dem Industriegelände, schrie ein Käuzchen und leise drang das Tuten eines Flußkahnes zu ihm herauf. Lichte Wolken hatten sich vor Mond und Sterne geschoben und ihr Licht gedämpft.
Pepper bückte sich, hob einen Stein auf und warf ihn ziellos auf den Hof. Er polterte gegen Holz. Die Hunde schlugen nicht an.
Pepper betrat das Grundstück. Vorsichtig setzte er seine Schritte. Das hatte er gelernt – schon damals, als er mit dem Forschungsschiff unterwegs gewesen war und manche gefährliche Expedition ins Landesinnere mitgemacht hatte.
Einmal hielt er in seinen behutsamen, knappen Bewegungen inne. Ein Geräusch drang an sein Ohr, das wie das Knarren einer Tür klang – leise zwar, aber nicht allzuweit entfernt.
Das konnte auf diesem Gelände allerdings von überall her-

kommen. Schuppen, kleine Hütten und Verschläge standen herum – fast wie auf einem Abenteuerspielplatz für Kinder. Offensichtlich hatte Consilius, immer wenn eine Unterbringungsmöglichkeit gesucht wurde, einfach einen passenden Verschlag zusammennageln lassen.

Peppers Fußspitze stieß gegen etwas Weiches. Er beugte sich hinab und spürte unter seinen Fingern das Fell eines Hundes. Als er das Tier berührte, gab es so etwas wie ein Seufzen von sich.

›Betäubt‹ dachte Pepper. ›Ein Tierliebhaber, sonst hätte er die Wachhunde vergiftet oder anders aus der Welt geschafft.‹

Jetzt wurde der Detektiv noch vorsichtiger.

›Ich bin nicht so alt geworden‹, pflegte er zu sagen, ›um jetzt noch ein Risiko einzugehen.‹

Aber er tat es trotzdem immer wieder.

Ein Licht flammte kurz auf und erlosch wieder. Es war von dem flachen Bürogebäude hergekommen.

Pepper fand auch den zweiten Hund. Er schien ebenso tief zu schlafen wie der andere. Dann endlich erreichte er den Flachbau. Daß das Licht nur kurz aufgeflammt war, lag daran, weil alle Jalousien herabgelassen waren, an einer aber ein Stück fehlte. Das Licht war nach draußen gefallen, als es direkt auf die kleine Lücke getroffen war.

Für den Detektiv erwies sich diese Lücke als ideales Guckloch. Er trat dicht an das Fenster heran und schaute durch die Öffnung. Ein kleiner, untersetzter Mann in einem dunklen Anzug, der ihm den Rücken zuwandte, stand in dem Büroraum. Ohne Hast zog er nacheinander Schubladen aus einem Metallschrank, in dem eine Hängeregistratur untergebracht war. Mit ruhigen, geübten Griffen durchforschte er die Akten. Endlich schien er gefunden zu haben, was er suchte. Er zog die Mappe heraus und legte sie auf den Tisch.

Pepper angelte aus seiner Jackentasche ein kleines Fernglas, das er immer bei sich trug, und hielt es an die Augen. Sorgsam justierte er und las, was auf dem Ordner stand. »Personalakte

Otto Kasparczek 1974 bis ...« Die zweite Jahreszahl war noch offen.

Der Mann in Consilius' Büro machte es sich im Chefsessel bequem und holte ein Blatt nach dem anderen heraus. Pepper versuchte zu erkennen, was die Papiere enthielten, aber der Mann hatte die Schriftstücke flach auf den Tisch gelegt. Pepper hätte höher stehen müssen, um den Inhalt lesen zu können. Statt dessen lag er plötzlich selbst flach. Er hatte den Angreifer nicht kommen hören. Seine ganze Aufmerksamkeit galt dem Eindringling im Büro. Der Schlag auf seinen Hinterkopf traf ihn wie ein Blitz und fällte ihn wie einen Baum.

Als Pepper wieder zu sich kam, fühlte er einen feuchten Lappen auf seinem Gesicht, der von irgendwem ziellos hin- und hergeschoben wurde.

»Laß das!« sagte Pepper und faßte danach.

Ein leises Knurren war die Folge. Das brachte den Detektiv endgültig ins Leben zurück.

Der Hund stand mit gespreizten Beinen über ihm und schien sich noch nicht entschieden zu haben, ob er den Fremden angreifen oder freundlich begrüßen sollte. Pepper hatte Erfahrung mit Tieren und darum auch keine Angst vor ihnen. Vorsichtig richtete er sich auf und redete beruhigend auf den Hund ein. Langsam streckte er ihm seinen Handrücken entgegen, so daß das Tier in aller Ruhe Witterung aufnehmen konnte. Ohne Hast stand Pepper auf, indem er immer weiter freundlich auf den Wachhund einredete. Der Hund horchte, setzte sich vor ihn nieder und wedelte mit dem Schwanz. Er schien die Narkose noch nicht ganz überwunden zu haben, denn als Pepper auf das Büro zuging, trottete er hinter ihm her und schwankte dabei leicht. Der zweite Hund lag noch immer in tiefem Schlaf.

Pepper klopfte seinen Anzug ab. Da spürte er, daß seine Brieftasche und all seine anderen Habseligkeiten verschwunden waren. Sein Kopf dröhnte. Der Schmerz zog sich von der Schädeldecke bis hinab zu den Rückenwirbeln.

Es wurde schon langsam Morgen. Die Wolken hatten sich ver-

dichtet. Die Hütten und Verschläge auf dem Gelände wirkten wie wild durcheinandergeworfene Schachteln. Der Morgen hatte noch keine Farben. Alles erschien grau in grau.
Pepper versuchte, die Tür zu öffnen, aber sie war verschlossen. Auch die Fenster waren verriegelt. Consilius hatte die zerbrochenen Scheiben bereits eine Stunde nach der Bombenexplosion durch neue ersetzen lassen. Pepper kehrte zu seinem Guckloch zurück. Im Inneren des Bürogebäudes war es dunkel. Aber der erfahrene Detektiv wußte, daß sich seine Augen erst darauf einstellen mußten. Langsam nahmen die Gegenstände in dem Raum Konturen an.
Es sah aus, als ob eine zweite Bombe eingeschlagen hätte. Schubladen hingen schräg in ihren Führungen, Papiere lagen wild verstreut auf den Tischen und auf dem Boden herum. Stühle waren umgestürzt, Lampen vom Tisch gefallen und zerbrochen. Und da sah Pepper seine Brieftasche. Sie lag neben einem umgefallenen Stuhl. Er mußte lächeln. So hatten die sich das also gedacht: Pepper würde aufwachen und schleunigst das Grundstück verlassen. Fand man dann seine Papiere, wußte man natürlich auch gleich, wer der Einbrecher gewesen war.
»So nicht!« sagte Pepper grimmig zu dem Hund und kraulte ihn hinter den Ohren. »Nicht mit Pepper! Die Gauner haben gedacht, sie könnten dich und mich außer Gefecht setzen – aber da irren sie sich.«
Der Hund gähnte lang und anhaltend.
Pepper ging um den Flachbau herum und warf seine ganzen zwei Zentner gegen die Tür. Sie sprang mit einem häßlichen Geräusch aus den Angeln.
»So geht es auch!« meinte Pepper und zwängte sich durch den entstandenen Spalt.
Systematisch durchsuchte er das Chaos, das der Eindringling vor ihm hinterlassen hatte. Der Inhalt seiner Brieftasche war vollständig. Unter einem Aktenordner fand er sein Taschenmesser, in das seine Initialen eingraviert waren.
»Ein bißchen dick, all diese Beweisstücke, was?« sagte er zu

seinem neuen, vierbeinigen Freund. »Halten die mich wirklich für so blöd, daß ich all diese Hinweise auf meine Person...« Er unterbrach sich und schien es dem Hund zu überlassen, den Satz zu vervollständigen.

Einen Augenblick lang blieb Pepper mitten im Büro stehen. Er überlegte: Wie hatte der Mann ausgesehen? Klein, untersetzt – stämmig, könnte man sagen. Sein Gesicht war oval – eigentlich kein auffallendes Gesicht, bis auf die Nase – ja, die Nase war dick, wulstig. Eine Boxernase. Richtig, der Mann mußte einmal Boxer gewesen sein oder war es vielleicht noch. Das brachte Pepper darauf, über das Alter des Einbrechers nachzudenken. Dreißig war er vielleicht, oder auch fünfunddreißig, wenn nicht sogar älter. Die Haare waren schwarz. Er hatte ihn ja gut beobachten können, solange er hier im Sessel saß und die Akte ... die Akte, da stand doch etwas darauf... Peppers Kopf schmerzte immer stärker, je intensiver er sich zu erinnern versuchte. Er schloß die Augen. Er kam nicht darauf. Er öffnete sie wieder und durchwühlte die Papierhaufen auf dem Tisch. Nichts! Doch das beunruhigte den Detektiv nicht. Er war sicher, daß ihm der Name wieder einfallen würde.

Pepper kroch durch den Türspalt hinaus, lockte den Hund zu sich, der – noch immer müde von der Narkose – unter dem Tisch zusammengerollt lag und ging auf die Lastwagen zu. Wäre er besser beieinander gewesen, hätte er das Gesicht vielleicht gesehen, das kurz an der hinteren Scheibe eines der Führerhäuser erschien und sofort wieder wegtauchte.

Der Hund blieb auf halbem Weg zurück und trottete dann langsam zu seinem Artgenossen.

Pepper erreichte die Lastzüge. Er blieb stehen und zählte sie. Es waren elf. Er las den Werbeaufdruck auf einer der Türen: »Wer Schweres transportieren muß, der geht stets zu Consilius.«

Die Schrift bewegte sich. Spielte ihm der Kopf wieder einen Streich? Nein, die Fahrertür öffnete sich tatsächlich geräuschlos Millimeter um Millimeter. Peppers untrügliches Gespür

für Gefahr funktionierte wieder. Während er weiterging, saugte sich sein Blick am Türspalt fest. Er zwang sich dazu, leise vor sich hin zu pfeifen – trotz seiner Kopfschmerzen. Er sah den kurzen Lauf des Revolvers genau. Im trüben Morgenlicht wirkte das Metall stumpf. Als sich der Lauf hob, ließ sich Pepper fallen. Ein Schuß zerriß die Morgenruhe. Eine kleine Erdfontäne sprühte auf – nur Zentimeter von Peppers rechtem Fuß entfernt. Der Detektiv robbte vorwärts, geriet unter den Wagen, kroch auf der anderen Seite wieder heraus.
Er hörte wie sein Gegner aus dem Führerhaus sprang. Pepper griff nach der Umrandung der Ladefläche, setzte den Fuß auf die obere Wölbung des Hinterreifens und stemmte sich hoch. Ein zweiter Schuß krachte.
Pepper schwang sich über den Schlag und landete auf der Ladefläche. Er hörte knirschende Schritte auf dem Kies.
»Komm raus, Pepper!«
Er kannte die Stimme nicht, also war ihm der Mann auch fremd. Denn an Stimmen konnte sich der Detektiv gut erinnern.
Aber woher kannte ihn der andere? Pepper wagte nicht, sich zu bewegen. Die Schritte entfernten sich. Jetzt hob der Detektiv den Kopf und spähte über den Rand des Schlags.
Der Mann mit der Waffe lief hinter den Lastwagen entlang und schaute unter jede Ladefläche. Zweimal schoß er blindlings unter einen der Laster. Einmal traf er einen Reifen, aus dem die Luft pfeifend entwich.
Pepper zählte die Schüsse. Jetzt waren es vier. Augenblicklich flankte der Detektiv über die Umrandung, landete mit beiden Füßen auf der Erde und begann zu rennen. Ein Schuß peitschte. Das Geschoß schlug dicht hinter Peppers Fersen ein. Ein weiterer Schuß verfehlte sein Ziel weit, weil der Detektiv einen Haken geschlagen hatte.
Der Hund bellte. Er sprang in großen Sätzen auf den Schützen zu, das Maul zurückgezogen, die Zähne gebleckt. Pepper, der das bei einem raschen Blick über die Schulter wahrgenommen hatte, blieb unwillkürlich stehen. Der Mann mit der Pistole hob

seine Waffe und hielt sie in beiden Händen. Er zielte, ließ den Hund herankommen, drückte ab. Die Waffe machte ›klick‹. Weiter nichts. Sechs Kugeln hat ein Magazin, sechsmal hatte er geschossen. Der Hund sprang ihn an und warf ihn um. Dann blieb er breitbeinig über ihm stehen und zeigte sein mächtiges Gebiß.

Pepper, außer Atem vom Rennen und von den ständig schlimmer werdenden Kopfschmerzen geplagt, ging langsam auf den Platz zurück.

»Braver Hund«, lobte er das Tier. »Braver Hund, gut gemacht!«

Er beugte sich über den Mann und nahm ihm die Waffe ab.

»Stehen Sie auf«, befahl er.

Langsam erhob sich der Mann. Er war noch sehr jung, dünn und nervös.

»Wer sind Sie?« fuhr ihn Pepper an.

»Ich heiße Renner.«

»Und wer schickt Sie?«

»Niemand!«

»Du lügst!«

»Ich sag's nicht!«

»Sie sind ein Anfänger«, knurrte Pepper. »Woher kennen Sie meinen Namen?«

»Wurde mir gesagt!«

»Von wem?«

»Sage ich nicht!«

»Kasparczek?!«

Pepper war über sich selbst erstaunt. Plötzlich war ihm der Name, der auf dem Ordner gestanden hatte, wieder eingefallen. Und der Name tat seine Wirkung. Der Mann wurde bleich.

»Also, Sie haben mich heute nacht niedergeschlagen und mußten dann vom Lastwagen aus auf mich aufpassen. Doch hat Kasparczek auch gesagt, Sie sollen mich erschießen?«

Der junge Mann zitterte. Draußen vor dem Grundstück fuhr die erste morgendliche Straßenbahn Richtung Stadt.

»Ich hätte Sie nicht erschossen!«
Pepper lachte unfroh. »Sie hätten gezielt in die Wade geschossen, was? Einer wie Sie zielt immer zu hoch und trifft dann dorthin, wo es unwiderruflich ist!«
Pepper hämmerte sich etwas zu theatralisch gegen die Brust. Mit weitem Schwung warf Pepper den Revolver auf den Hof und sah ihm einen Augenblick nach – einen Augenblick zu lang. Wieselflink war Renner auf den Beinen und ehe Pepper noch reagieren konnte, hatte er schon zehn Meter geschafft. Der Hund rannte ihm halbherzig hinterher. Er hatte keinen Befehl bekommen.Pepper pfiff leise und das Tier trottete zu ihm zurück.
»Laß ihn laufen«, sagte Pepper zu dem Hund, »was sollen wir auch mit ihm anfangen?«
Dann streichelte er das Tier zum Abschied und machte sich auf den Heimweg.

Wer ist Otto Kasparczek?

Paul Pepper ging nicht gleich nach Hause. Er stellte seinen Wagen vor dem Hochhaus ab, in dem Peter Küster und seine Mutter ihre kleine Zwei-Zimmer-Wohnung hatten. Der Detektiv zündete sich seine Pfeife an und lehnte sich gegen den Kotflügel seines Autos. Drei oder vier Kirchturmuhren schlugen aus verschiedenen Richtungen. Die Glockenschläge vermischten sich so, daß man die Stunde nicht zählen konnte. Pepper sah auf seine Armbanduhr, es war sechs Uhr.
Die Morgendämmerung war einem klaren, hellen Licht gewichen. Die letzten Wolken hatten sich bereits verzogen und der leichte Dunst, der über der Stadt lag, wurde zusehends von der kräftigen Morgensonne aufgefressen. Es wurde wieder ein schöner Tag.
Zwei junge Männer kamen mit ihren Fahrrädern an Pepper

vorbei. Sie grüßten freundlich. Der Detektiv nickte ihnen zu und rief: »Schönen Tag auch!«
»Ja, nach Feierabend dann!« schrie einer zurück.
Pepper wußte, daß die beiden in einer nahen Schweißerei arbeiteten. Schwere Knochenarbeit war das. Vor allem im Sommer, wenn die Schweißapparate noch zusätzlich Hitze abgaben.
Die Tür zum Hochhaus öffnete sich. Pit schob sein Fahrrad auf die Straße und ließ die Tür sanft ins Schloß einschnappen, um ja keinen Lärm zu machen.
Pepper nahm die Pfeife aus dem Mund und ging auf Pit zu.
»Ihr Anzug sieht ziemlich mitgenommen aus«, sagte der Junge.
»Der hat auch heute nacht eine ganze Menge erlebt.«
Pepper schilderte Pit im Stenogrammstil, was vorgefallen war. Zum Schluß sagte er: »Versuch doch mal herauszubekommen, wer dieser Kasparczek ist.«
»Mach' ich.«
»Und laß dir bei Consilius nicht anmerken, daß du weißt, was heute nacht auf seinem Gelände passiert ist.«
»Ich bin ja kein Anfänger«, entgegnete Pit knapp und schwang sich auf sein Fahrrad.
Pepper sah ihm eine Weile nach und kehrte dann zu seinem Auto zurück. Er stieg ein und fuhr in die *Grüne Idylle.*
In seinem Salonwagen duschte er erst einmal eine Viertelstunde lang abwechselnd kalt und heiß, dann machte er sich einen starken Kaffee. Schließlich rief er im Krankenhaus an.
Arnica Ewald habe die schlimmste Krise überwunden, sagte man ihm am anderen Ende der Leitung. Sie sei über den Berg. Der Genesungsprozeß habe eingesetzt.
Pepper legte auf und schaute in die Morgensonne hinaus. Es war ihm, als ob eine schwere Last von seinen Schultern falle, obwohl er doch keinerlei Verantwortung für das Unglück hatte. Die Müdigkeit war verflogen. Er sprang auf und verließ seinen Salonwagen. Die Blumen- und Kräuterbeete brauchten dringend Wasser. Regnen würde es heute nicht. Aber jetzt beschien die Sonne schon seine sauber geharkten Rabatten und Beete.

Gießen konnte er erst wieder im Abendschatten. Pepper schlenderte über den geschwungenen Gartenweg und verließ sein Grundstück. Das Auto ließ er stehen. Bis zu Frau Scheringers Kiosk waren es nur dreihundert Meter.
Als die Alte ihn kommen sah, holte sie die Thermosflasche unter dem Zeitungsregal hervor und goß ein. Aus einem großen Henkelkorb im Hintergrund des Kiosks nahm sie ein Brötchen, schnitt es auf und belegte es mit Schinkenwurst. Peppers Frühstück war also bereits fertig, als er den Kiosk erreichte.
Pepper nickte Frau Scheringer zu.
»Danke, sehr freundlich!« Er biß in das knusprige Brötchen und sagte mit vollem Mund: »Arnica ist über den Berg.«
Frau Scheringer sah ihn ernst an und zeigte keine Regung.
»Freut Sie das denn nicht, Alte?« fragte Pepper erstaunt.
»Natürlich freut es mich, aber lesen Sie erst einmal das!« Sie schob eine Zeitung über das Verkaufsbrett und schlug mit dem Handrücken auf eine Titelzeile. ›Kind nach schweren Vergiftungen gestorben – Neuer Giftmüllskandal!‹
Pepper blieb der Bissen im Hals stecken.
»Das ist ja...!« ihm fiel nicht mehr dazu ein.
»Skandal ist ein viel zu schwaches Wort dafür«, legte Frau Scheringer los. »Ein Kind muß sterben, nur weil irgend so ein gewissenloser Lump seine Giftmüllfässer nicht dorthin bringt, wo sie hingehören, sondern irgendwo hinwirft...«
»Kann ich mal haben?« Pepper zog die Zeitung zu sich her. Während er las, schüttelte er immer wieder den Kopf, so als ob er sich weigern würde, zu glauben, was da schwarz auf weiß stand. Schließlich gab er die Zeitung zurück.
»Im Grunde ist es das gleiche wie bei Arnica, nur daß in diesem Fall die Hilfe zu spät kam. Das Kind war allein. Zum Glück war unsere Arnica in Begleitung der beiden Jungen. Wenn man den Verantwortlichen findet, muß man zuallererst aus ihm herausholen, wo er noch Fässer abgeladen hat. Man kann ja nicht mehr in den Wald gehen, bevor nicht diese heimlichen Giftlager ausgeräumt sind.«

»Vielleicht sind es auch nur die zwei!« sagte Frau Scheringer. »Vielleicht, vielleicht auch nicht.«
Pepper trank seinen Kaffee aus und erzählte der Alten von seinen nächtlichen Erlebnissen. Sie hörte begierig zu.
»Und wer ist dieser Kasparczek?« fragte sie am Ende.
»Tja, wenn ich das wüßte!« Pepper kratzte sich in seinem wirren, grauen Haarkranz.
»Kämmen würde vielleicht etwas nützen«, meinte Frau Scheringer.
»Bei mir nicht, ich habe es schon mal probiert«, entgegnete Pepper.
Er legte zwei Mark auf den Tisch, winkte der Kioskbesitzerin zu und ging.

Jonny arbeitete in der Sonne. Er hatte sein Hemd ausgezogen. Trotzdem schwitzte er. Pfefferkorn hatte ihn damit beauftragt, die Bretter weiter zu entnageln. Pit ging wieder Herrn Consilius zur Hand.
Es war ziemlich mühselig, die wild verstreuten Akten aufzuräumen. Aus manchen Ordnern waren die Blätter herausgerissen, andere lagen völlig zerknüllt auf dem Boden.
»Das dauert Tage«, jammerte Consilius, »und heute kommt der Steuerprüfer.«
Der kam dann fast gleichzeitig mit Rübenach. Während der Kommissar sich schildern ließ, was Consilius morgens vorgefunden hatte, stand der Mann vom Finanzamt am Fenster und schaute auf den Hof hinaus. Er war noch jung, Pit schätzte ihn auf siebenundzwanzig oder achtundzwanzig Jahre. Er trug einen gepflegten Vollbart und hatte stark gekräuselte Haare. Er wirkte sportlich wie ein Ruderer oder ein Turner. Unter den Ärmeln seines kurzen Polohemdes quollen starke Armmuskeln hervor.
»Meine Hunde wurden offensichtlich betäubt«, sagte Consilius gerade.
»Wie geht denn so was?« wollte Rübenach wissen. Er war kein

Tierliebhaber, und er maß die Hunde mit einem abschätzigen Blick.

»Habe ich mich auch gefragt«, antwortete Consilius.

»Ich habe den Tierarzt angerufen und der ist gleich vorbeigekommen. Er hat im Fell der Tiere zwei winzige Injektionsnadeln gefunden. Sie gehören zu einem Betäubungsgewehr.«

Rübenach schüttelte ungläubig den Kopf. »Wir sind doch hier nicht in der Serengeti. Das macht man vielleicht mit einem wild gewordenen Löwen im Busch, aber doch nicht mit so einem Köter.«

Bei dem Wort ›Köter‹ knurrte der Schäferhund, als ob er es verstanden hätte.

»Reg dich nicht auf«, knurrte Rübenach zurück.

Der Steuerprüfer drehte sich um und sagte: »Im Zoo verwenden sie auch solche Nadeln. Sie werden dort mit Spezialpistolen verschossen.«

»Und woher wissen Sie das?« fragte Rübenach unfreundlich.

Der Steuerbeamte lächelte: »Ich mußte erst kürzlich im Zoo die Steuerprüfung vornehmen.«

»Im Zoo?« Rübenach, Consilius und Pit hatten es wie aus einem Mund ausgestoßen.

Der Beamte lächelte. »Auch dort muß man korrekt abrechnen, Gewinn und Verlust bilanzieren und so weiter. Außerdem müssen wir wissen, ob das Spendenwesen in Ordnung ist. Verstehen Sie?«

Die drei anderen nickten zögernd. Der Steuerfachmann wandte sich wieder dem Fenster zu.

»Was könnte der Eindringling gesucht haben?« wollte Rübenach von Consilius wissen.

Der Unternehmer sah ratlos zur Decke. »Keine Ahnung, wirklich, ich habe keine Ahnung! Er ist ja nicht einmal an den Tresor gegangen«, er deutete auf ein graugrünes Ungetüm, das neben dem Kopiergerät stand.

»Auf Geld hatte er es nicht abgesehen.«

»Fehlt denn irgend etwas?« stieß der Kommissar nach.

»Bis jetzt vermissen wir nichts!« erwiderte Consilius.
Pit startete ein gewagtes Unternehmen. Er hob einen Aktenordner hoch und sagte: »Ich glaube, hier fehlt etwas.«
Interessiert wendeten die anderen ihm die Köpfe zu.
»Das ist ein Personalordner. Hier, zwischen ›Kahl‹ und ›Keller‹ muß noch eine Akte gewesen sein.«
»Ausgeschlossen«, sagte Consilius schnell.
»Gab es keinen Angestellten bei Ihnen, der vom Alphabet her dazwischenpassen würde?« fragte Rübenach.
»Das müßte ich ja wissen«, antwortete Consilius grob und riß dem Jungen die Akte aus der Hand.
Pit sagte langsam und wie von ungefähr: »Otto Kasparczek!«
Die Wirkung des Namens übertraf alle Erwartungen.
Der dicke Consilius sprang mit einer Behendigkeit auf, die man ihm niemals zugetraut hätte. Mit hochrotem Kopf fuhr er Pit an: »Woher hast du diesen Namen?«
Rübenach notierte den Namen in sein Notizbuch und fragte ganz beiläufig: »...schreibt sich mit rc wahrscheinlich!«
»cz«, verbesserte Consilius und wußte im gleichen Augenblick, daß er sich selbst verraten hatte. »Vermutlich!« setzte er schnell hinzu, aber das half nun auch nichts mehr.
»Sie kennen also jemanden namens Kasparczek, und er war auch schon bei Ihnen tätig?« fragte Rübenach leise.
»Ich hatte es vergessen.«
»Kein sehr wichtiger Mann also?« fragte der Kommissar lauernd.
»Nicht besonders wichtig, nein!«
»Und seine Akte fehlt?«
Consilius blätterte den Ordner durch und sagte dann lahm: »Ja, es sieht so aus.«
»Bleibt eigentlich nur noch die Frage, woher unser junger Freund den Namen kennt«, meinte Rübenach.
Pit hatte Zeit genug gehabt, sich eine Antwort zurechtzulegen.
»Ich habe den Namen gestern gehört. Draußen auf dem Platz. Irgendwer hat ihn erwähnt. Warten Sie«, er tat so, als ob er ganz

scharf nachdenken müßte, »es muß im Zusammenhang mit dem Unfall gewesen sein.«
»Mit welchem Unfall?« fragte Rübenach.
»Na, mit dem im Bergener Wald, bei dem Arni... ich meine, bei dem das Mädchen so schwer verletzt worden ist.«
Consilius, der sich inzwischen wieder in seinem Sessel niedergelassen hatte, zog die Augenbrauen hoch und musterte Pit.
»Wer hat den Namen ausgesprochen?«
»Weiß ich nicht mehr. Pfefferkorn vielleicht oder einer der Fahrer.«
»Von den Fahrern war gestern nur Kienzle da und der hat Kasparczek nicht mehr gekannt. Das gleiche gilt für Pfefferkorn.«
»Aber sie können doch von ihm gehört haben, oder?« verteidigte sich Pit, »offensichtlich war er eine besondere Erscheinung oder so was, sonst ... also, ich meine, wenn sogar Leute über ihn reden, die ihn gar nicht kennen, nicht wahr?«
Er hatte sich verhaspelt, und er wußte genau, daß das keinen guten Eindruck machte.
»Kasparczek war Boxer, ein ziemlich bekannter sogar«, sagte Consilius.
»Ach, jetzt fällt es mir ein«, rief Rübenach, »klar doch, der Otto Kasparczek, der ›Dampfhammer‹ aus Bramme. Richtig, er stammte aus Bramme. Mittelgewicht war er. Rechtsausleger mit einer unheimlich harten Linken. Vor allem, wenn sie als Gerade kam. Aber er war anfällig. Hatte ein ›gläsernes Kinn‹, wie man so sagt. Wenn ihn da mal einer auf den Punkt getroffen hat...« Rübenach unterbrach sich und schaute ein wenig verlegen von einem zum andern. »Entschuldigen Sie, ich bin ein alter Boxfan, und da geht die Erinnerung leicht einmal mit mir durch. Dieser Kasparczek hat bei Ihnen gearbeitet?« Eine gewisse Hochachtung schwang in der Frage mit.
Consilius nickte.
»Und das wollten Sie geheimhalten?«
Der Transportunternehmer winkte abwehrend mit den Händen.

»Wie kommen Sie denn auf so etwas? Geheimhalten, ich doch nicht! Er ist mir nicht eingefallen, als der Junge da mit den Buchstaben herumjongliert hat.«
Rübenach blieb hartnäckig. »Da ist aber jetzt immer noch die Frage, warum hat jemand ausgerechnet die Akte des Herrn Kasparczek gestohlen und dafür einen solchen Aufwand getrieben?«
Er ging zu der Tür, die noch immer schief im Rahmen hing. »Was hatte er denn für Aufgaben bei Ihnen, der Herr Kasparczek?«
»Müllbeseitigung!«
»Auch Giftmüll?«
»Vor allem.«
»Aha.«
»Nichts aha, er hat sauber gearbeitet.«
»Die Fässer, die man jetzt gefunden hat, wer hat die transportiert?«
»Weiß ich nicht, auf jeden Fall ein früherer Mitarbeiter, weil derzeit keiner mehr von damals bei mir beschäftigt ist.«
»Schlechtes Betriebsklima, was?« ließ sich der Steuerprüfer hören.
»Unsinn. Der Job ist hart und verantwortungsvoll. Und ich kann nicht so zahlen wie es nötig wäre. Da haut einer schnell wieder ab.«
»Und das bei der Arbeitslosigkeit zur Zeit?« Der Steuerbeamte sah Consilius ungläubig an.
»Das war doch vor zehn Jahren, als das mit den Fässern passiert ist.«
Rübenach zog langsam eine zusammengefaltete Zeitung aus der Innentasche seines Jacketts. Langsam, jedes Wort betonend, sagte er: »Gestern wurde ein Kind, sieben Kilometer von Bramme entfernt, durch Gifteinwirkungen so verletzt, daß es auf dem Weg ins Krankenhaus starb. Herr Kasparczek wurde der ›Dampfhammer von Bramme‹ genannt. Er stammt aus diesem Ort. Was liegt näher, als Giftmüllfässer dort zu verstecken,

wo man sich am besten auskennt. Sagen Sie ja nicht, daß das nicht logisch klingt!«
Consilius saß bleich in seinem Sessel. Seine Hände umkrampften die Armlehnen. »Ich habe heute noch keine Zeitung gelesen. Hier war ja der Teufel los. In Bramme, sagen Sie? Was für Müll? Doch nicht etwa ... ich meine, das kann gar nicht sein, daß der von uns dort... Ich habe Belege dafür, daß wir das Zeug vorschriftsmäßig auf den dafür ausgewiesenen Deponien ... Herr Rübenach, sagen Sie doch etwas!«
»Sobald Sie fertig sind«, brummte der Kommissar.
»Die Kollegen in Bramme ermitteln noch. Aber nach den ersten Erkenntnissen handelt es sich um vergleichbare Fässer mit gleichem Inhalt wie im Bergener Wald. Sieht schlecht aus.«
Der Unternehmer stemmte sich aus seinem Sessel heraus und ging zu einem Stahlschrank. Er stöberte einen Schlüsselbund hervor und öffnete die Stahltüren. Seine Finger liefen über die bunten Rücken der Aktenordner. Dann zerrte er einen heraus und warf ihn auf seinen Schreibtisch.
»Von 1972 bis 1979 führten wir Spezialtransporte durch. Wir haben das giftige Zeug nach Luxemburg, Frankreich und nach Norddeutschland gebracht. Und zwar in die Spezialdeponien, die das Gift verbrennen oder sicher lagern. Bitte, sehen Sie selbst, da sind die Quittungen. Schließlich habe ich genug Geld dafür bezahlt.«
»Sie haben uns ja schon die Transportpapiere gezeigt«, meinte Rübenach.
»Aber Sie haben gesagt, die könnten auch gefälscht sein. Aber hier, die Quittungen...«
Er hämmerte mit der Faust auf den aufgeschlagenen Ordner. Doch plötzlich hielt er inne und starrte auf den Tisch. Vor ihm lag ein Ordner, der außer ein paar belanglosen Zetteln nichts enthielt.
»Aber ... aber...«, stotterte er, »das ... das ... wo sind denn...?« Er stammelte noch eine ganze Weile unzusammenhängende Sätze.

Der Mann vom Finanzamt war vom Fenster herübergekommen und beugte sich über den Ordner, der nur die wenigen Zettel enthielt.
»Nun, wir würden so etwas nicht als Quittungen anerkennen«, meinte er kühl.
»Gestohlen, sie sind gestohlen!« brüllte Consilius.
»Aber warum denn, wer hat denn etwas davon?« fragte Rübezahl mit zusammengekniffenen Augen.
»Einer, der mich fertig machen will, einer, der mir was anhängen will. Überlegen Sie doch!«
Rübenach und auch der Steuerprüfer zuckten die Achseln. Pit sagte: »Wenn nun jemand wußte, daß Herr Consilius seine Transporte ordnungsgemäß abwickelte und sich deshalb bei ihm Laufzettel besorgte. Wenn dieser jemand eigene Transporte machte, die Fässer aber mit Laufzetteln von Herrn Consilius beklebte. Dann mußte der Verdacht gezwungenermaßen auf Herrn Consilius fallen. Das Einzige, was bisher eine Rolle spielte, waren die Durchschriften von den Laufzetteln. Die könnte man ja tatsächlich leicht fälschen. Man nimmt irgendein weißes Papier, legt ein Kohlepapier dazwischen, kritzelt etwas darauf und schon steht es auf der Kopie des Laufzettels, obwohl es überhaupt kein Original gibt. Doch es existieren ja noch die Quittungen. Wenn es wirklich einer so gemacht hat, wie ich sage, dann mußte er die Quittungen vernichten.«
Die drei Männer starrten den Jungen wie ein Wundertier an. Der Steuerbeamte fand als erster die Sprache wieder: »Du bist ein heller Kopf, das muß man dir lassen.«
»Die Firmen, die die Quittungen ausgestellt haben, werden ja vielleicht Duplikate haben«, sagte Rübenach, dem Pits Erklärung nicht paßte.
»Nach zehn Jahren?« fragte der Steuerprüfer zweifelnd.
»Es muß so gewesen sein!« rief Consilius, der langsam wieder Farbe ins Gesicht bekam.
»Schön, dann brauchen wir nur noch diesen Kasparczek zu finden, und der Fall ist geklärt«, keifte Rübenach.

»Es war ja nur eine Theorie.« Pit wußte genau, wie sauer Rübezahl werden konnte, wenn jemand anders etwas besser konnte oder wußte.
»Aber eine gute Theorie«, sagte der Steuerprüfer zu allem Überfluß.
»Es könnte auch sein, daß Herr Consilius die Quittungen selbst beseitigt hat, nicht wahr?« Rübenach bekam wieder Oberwasser. »Um uns genau auf diesen Gedanken zu bringen.« Er ging zu dem Stahlschrank und fuhr mit den Fingerkuppen über die Tür. »Keine Spuren von einem gewaltsamen Öffnen. Wer den Ordner um die Quittungen erleichtert hat, muß einen Schlüssel gehabt haben.«
»Der Schrank war gestern den ganzen Tag über offen«, bemerkte Pit.
»Und war der Raum manchmal leer?«
»Na ja, es herrschte ziemlich viel Verwirrung, nachdem die Bombe geworfen worden war.«
»Was für eine Bombe?« fragte der Steuerprüfer neugierig, aber niemand gab ihm eine Antwort.
Rübezahl trat auf den Jungen zu und fixierte ihn. »Hast du irgend jemand bemerkt? Irgend einen Fremden?«
Consilius zog die Augenbrauen hoch. Ihm war nicht entgangen, daß der Kommissar den Jungen plötzlich duzte.
Pit zuckte die Achseln. »Für mich sind hier noch alle fremd, außer Herrn Consilius und Pfefferkorn.«
»Nun gut!« Rübezahl ruckte in den Schultern. »Wir werden der Sache nachgehen. Kasparczek müssen wir so oder so finden. Können Sie uns eine Beschreibung geben, Herr Consilius?«
Der Unternehmer nickte, sagte dann aber: »Sie können in jeder Zeitungsredaktion Bilder von ihm finden. Er hat sich wohl nicht sonderlich verändert, seitdem er hier ausgeschieden ist.«
Rübenach stapfte zur Tür. »Gut, wir beschaffen uns Fotos.« Er drehte sich noch einmal um. »Nur eine Frage noch, Herr Consilius. Hätte sich Kasparczek den notwendigen Apparat zulegen können, um selbst eine Müllbeseitigung aufzubauen?«

Consilius wiegte seinen schweren Kopf hin und her.
»Vielleicht, wenn er die richtigen Partner hatte. Alleine hätte er das nie gepackt. Kasparczek ist kein Unternehmertyp. Der hat immer nur gemacht, was andere ihm sagten. Das war im Sport so und später bei der Arbeit. Wenn er aber einmal Richtlinien hatte, dann funktionierte alles bei ihm. Verläßlich war er. Deshalb kann ich es ja auch nicht fassen, daß er die Fässer nicht ordnungsgemäß abgeliefert haben soll.«
Rübenach stand unbeweglich an der Tür und ließ kein Auge von Consilius. »Wissen Sie, was ich glaube? Sie lügen! Sie hätten uns gleich sagen müssen, daß Kasparczek bei Ihnen war und daß er die Fässer transportiert hat. Ihre Geschichte stinkt, sage ich Ihnen!«
Er ging hinaus und wollte die Tür hinter sich zuschlagen. Dabei fiel sie vollends aus dem Rahmen und krachte auf den Schotter unterhalb der beiden Eingangsstufen.
Consilius saß an seinem Schreibtisch und starrte dumpf auf den Ordner, der noch immer vor ihm lag.
»Tja«, machte der Steuerprüfer, »da kann ich im Augenblick wohl nicht allzuviel erreichen.«
Auch er wandte sich zum Gehen, blieb aber, ähnlich wie Rübenach, in der Türöffnung noch einmal stehen.
»Manche Leute lassen sich eine ganze Menge einfallen, wenn eine Steuerprüfung angesagt ist. Da hat es schon öfter mal gebrannt, auch fingierte Einbrüche sind vorgekommen. Also, ich kann Sie nur warnen, Herr Consilius. Wenn Sie das alles veranstaltet haben, um uns hinters Licht zu führen, wird Ihnen das nichts nützen. Wir sind hartnäckig und erfinderisch, wenn es darum geht, die Wahrheit herauszubekommen.«
Er sprang mit einem eleganten Satz die Stufen hinunter und über die am Boden liegende Tür.
»Angeber!« sagte Pit leise.
»Ganz richtig!«
Consilius sah den Jungen dankbar an.
»Wenn du nicht gewesen wärst mit deiner Theorie...«

»Könnte sie denn stimmen?«
Consilius hob die Hände. »Weiß ich's?«
»Aber Sie müßten es doch wissen!«
»Müßte, müßte. Ich will dir mal etwas sagen: Wenn ich vor zehn oder sieben oder drei Jahren gewußt hätte, was heute hier los ist, hätte ich meine Belege ganz anders gesammelt, sortiert und aufbewahrt, das kannst du mir glauben. Aber wer rechnet denn mit so was?«
»Na ja, immerhin haben Sie hochgefährliches Zeug transportiert und nicht Hühnermist oder Holzabfälle.«
»Wie du redest mit deinen sechzehn Jahren!«
»Aber es stimmt doch, was ich sage, oder?«
»Du glaubst mir also nicht!«
Pit vermied es, darauf eine Antwort zu geben.
»Wollen wir jetzt weitermachen?« fragte er und bückte sich nach einem Stapel Briefbogen, die der nächtliche Eindringling aus einem Regal herausgezerrt hatte.
»Du kennst das Mädchen gut, nicht wahr?« Consilius saß unbeweglich in seinem Stuhl und folgte jeder von Pits Bewegungen mit seinen kleinen Augen.
»Sagte ich doch schon, ich kenne sie flüchtig.«
»Du hast dich vorhin versprochen. Du wolltest den Namen Arnica nennen, wie man den Namen einer Schwester oder guten Freundin nennt. Dann hast du dich verbessert und gesagt: ›Dieses Mädchen.‹ Du hängst also von Anfang an mit diesem Fall zusammen!«
Pit war in die Hocke gegangen, um ein paar verstreute Blätter aufzuheben. Jetzt unterbrach er die Arbeit und sah zu dem schweren Mann auf.
»Stimmt«, entgegnete er. »Aber Arnica geht es zum Glück besser. Sie wird überleben und der Arzt sagt sogar, daß sich ihre Haut an den verbrannten Stellen wieder erneuert. Es werden wahrscheinlich nicht einmal Narben bleiben.«
»Na also!« sagte der Dicke selbstgefällig.
Pit sprang auf. »Was heißt denn das, ›na also‹? Es hätte genau-

sogut anders ausgehen können. So nämlich, wie mit dem Kind bei Bramme. Dann wäre Arnica jetzt tot. Und kein Mensch weiß, wieviel von dem Zeug noch irgendwo vergraben ist.«
»Beruhige dich«, antwortete Consilius sanft, »mir liegt auch an der Aufklärung der Geschichte. In meinem ureigenen Interesse, glaube mir!«
Pit stand jetzt vor dem Schreibtisch.
»Werden Sie bedroht?« fragte er eher einem Gefühl als irgend einer Überlegung folgend.
»Wie kommst du darauf?«
»War nur so ein Gedanke.«
»So etwas kommt doch nicht aus dem blauen Dunst.«
»Sie sehen eben manchmal aus, als ob Sie Angst hätten.«
»Tatsächlich? Sieht man mir ... ich meine, wirke ich so auf dich?«
»Mhm, genau so!«
»Ich habe keine Angst.«
»Um so besser.« Pit legte die Briefbogen auf den Tisch, nahm sie noch einmal hoch und stieß den Stapel an den Rändern auf, um ein sauberes Paket daraus zu machen.
»Vielleicht kann ich dich noch gut gebrauchen«, meinte Consilius. Er saß weit in seinem Sessel zurückgelehnt und sah Pit an. Er hatte dabei die Augen so weit zusammengekniffen, daß sie hinter den Fettwülsten kaum mehr zu erkennen waren.
Pit antwortete nicht.
»Geh, hilf deinem Freund draußen, ich muß mal eine Weile alleine sein«, sagte Consilius schroff. »Und lehne die Türe wieder gegen den Rahmen.«
Pit gehorchte.
Jonny saß auf einem Bretterstapel und verspeiste ein Doppelbrot. Pit sah auf die Uhr.
»Es ist doch noch gar nicht Pause!«
»Mir egal«, brummte Jonny, »ich habe eben jetzt schon Hunger. Das ist bei der körperlichen Arbeit hier draußen anders als bei euch Schreibtischhockern.«

Unwillkürlich mußte Pit lachen. Er griff nach dem Hammer und begann, Bretter zu entnageln. Wie wild ging er es an. Jonny rückte ein Stück, um nicht getroffen zu werden und sagte: »Da bin ich ja überflüssig. Kann ich von dir noch ein Brot haben?«
»Drüben liegt meine Umhängetasche.« Pit deutete mit dem Hammer zu einer flachen Baracke.
Jonny ließ sich das nicht zweimal sagen. Mit einem Satz sprang er von dem Bretterstapel herab, ging quer über den Platz, zog die Umhängetasche aus dem Schatten heraus und hörte plötzlich leise Stimmen. Nur ein Zischen, Flüstern, hastiges, leises Reden war auszumachen, ohne daß die einzelnen Wörter voneinander zu unterscheiden waren.
Jonny war neugierig, sonst wäre er nicht ein so begeisterter Hobby-Detektiv gewesen.
Er legte die Umhängetasche zurück, ohne sich bedient zu haben, und schlich an der Längswand des Schuppens entlang.
Der Boden unter seinen Füßen war lehmig. Einzelne Grasbüschel behaupteten sich nur mühselig gegen eingetretene Schottersteine, Nägel und Holzspreißel. Geräuschlos näherte sich Jonny einer Fensteröffnung am Ende der Längswand. Pit warf ihm einen Blick zu. Er dachte sich, daß sein Freund etwas entdeckt haben mußte und beschloß, ein Auge auf Jonny zu haben, falls er sich wieder einmal in Schwierigkeiten brachte.
Die Stimmen wurden deutlicher. Jonny legte geduckt die letzten Meter zurück und kauerte dann unter dem Fenster. Die eine Stimme war leicht wiederzuerkennen, sie gehörte Pfefferkorn.
»...das wird doch immer schwieriger«, sagte er gerade.
»Nur noch dies eine Mal«, hörte Jonny den anderen sprechen, dessen Stimme aber seltsam verzerrt klang – so, als ob sie aus einem Telefon käme.
»Der Platz wird doch wahrscheinlich überwacht.«
»Ach was. Er läßt die Hunde laufen und die kennen Sie.«
»Das war bis heute so, aber nach dem Einbruch in der letzten Nacht...«

»Sie können doch immer sagen, daß Sie etwas vergessen haben.«
»Was? In einem der Lastzüge?« fragte Pfefferkorn.
»Warum denn nicht! Wie oft müssen Sie die Lastwagen rangieren?«
»Viel zu oft!«
»Also!«
»Können wir nicht ein paar Tage verstreichen lassen?«
»Eben nicht! Stellen Sie sich vor, die entdecken das andere Lager!«
»Wieviel liegen denn da noch?«
»Siebenundzwanzig Fässer!«
»Die bekommen wir auf den Achtundvierzig-Tonner!«
»Denke ich auch. Haben Sie einen Kran?«
»Ja, sicher! Aber in der Scheune ist doch auch einer!«
»Also, wie sieht es aus?« fragte die fremde Stimme.
»Wieviel?« fragte Pfefferkorn dagegen.
»Zweitausend!«
»Dafür mache ich es nicht!«
Es trat eine kurze Pause ein, dann sagte Pfefferkorn: »Fünftausend!«
»Einverstanden!«
Vorsichtig stemmte sich Jonny aus der Hocke hoch und versuchte, einen Blick über die Unterkante der Fensteröffnung ins Innere zu erhaschen. Aber er stand im Sonnenlicht, und im Schuppen war es ziemlich dunkel. Er konnte nur Pfefferkorn erkennen, der dicht an einem Balken stand und eine Art Kästchen in der Hand hielt.
»Um wieviel Uhr?« fragte Pfefferkorn.
Jonny tauchte wieder weg.
»Kurz nach Mitternacht. Wir brauchen eine Stunde zum Laden, zwei Stunden zum Fahren und eine weitere Stunde zum Verstauen. Zwei Stunden für die Rückfahrt ... sagen wir lieber schon um elf Uhr. Und vergessen Sie nicht, den Kilometerzähler abzuklemmen!«

»Habe ich das schon mal vergesssen?«
»Ich sag's ja nur!«
Jonny merkte, daß das Gespräch zu Ende ging und schlich sich schnell zurück. Er griff sich Pits Umhängetasche und angelte ein Brot heraus. Er biß gerade kräftig hinein, als Pfefferkorn aus dem Schuppen kam.
»Was machst du denn hier?«
»Ich esse etwas!«
»Du sollst etwas arbeiten!« knurrte der Lagerverwalter.
Jonny trabte zu Pit zurück und berichtete ihm, was er belauscht hatte.
Pit legte den Hammer aus der Hand.
»Langsam kommt Licht in die Sache. Wir müssen unbedingt Pepper Bescheid sagen.«
»In der Mittagspause. Dort vorne ist eine Telefonzelle.«
»Geh lieber sofort, später erreichen wir ihn vielleicht nicht mehr.«
»Und wenn Consilius mich sucht?« wandte Jonny ein.
»Der hat andere Probleme, als ausgerechnet dich zu suchen!«
Pfefferkorn war mit dem Entladen der Lastzüge beschäftigt. Außerdem mußte er einen Zementtransporter fahrbereit machen.
Scheinheilig fragte Jonny: »Kann ich etwas tun?«
»Ja, aus dem Weg gehen!« herrschte Pfefferkorn ihn unfreundlich an.
Jonny grinste. Er umrundete den Schuppen, lief vorne am Lastzug vorbei und ging zu der Telefonzelle, die unter einer großen Linde stand.

Pepper war nicht allein, als das Telefon klingelte. Im gegenüber saß ein etwa fünfundvierzigjähriger Mann – groß, breitschultrig und in einen tadellosen Maßanzug gekleidet. Sein großflächiges Gesicht hätte gemütlich wirken können, wenn die grauen Augen nicht so kalt, ja drohend, geblickt hätten. Peppers Besucher hatte die Beine übereinandergeschlagen. Während der Detektiv telefonierte, musterte er die Einrichtung des Salonwagens. Immer wieder nickte er ein wenig, als ob er damit seine Anerkennung zeigen wollte.

Pepper sagte nicht viel. Er hörte zu, rief ein paarmal: »Das ist interessant ... tatsächlich ... sehr gut ... wiederhole das bitte noch mal ... also, das ist eine Überraschung ... gute Arbeit, wirklich ... danke dir!« Dann legte er auf, sah zu dem Mann herüber und sagte: »Ein anderer Fall. Ich bin zur Zeit ziemlich beschäftigt.«

Der Mann nickte. Dabei fiel ihm eine Locke seines dichten schwarzen Haares in die Stirn. Er strich sie mit einer lässigen Geste zurück.

»Wo waren wir stehengeblieben?« fragte Pepper, den Jonnys Anruf sehr beschäftigte.

»Nun, wie gesagt, ich bin Mitglied des Vorstandes der Regener Chemie GmbH, also in einer, wenn man so will, herausragenden Position. Nun ist uns zu Ohren gekommen, daß Sie in diesem Fall, neben der Polizei, auch Ermittlungen anstellen. Wir fragen uns, wer Sie beauftragt hat?«

Pepper lächelte. »Wir geben unsere Auftraggeber niemals bekannt. Verschwiegenheit ist eine der wichtigsten Voraussetzungen für die Detektivarbeit.«

»Sicher, ich verstehe.« Der Mann schob eine Visitenkarte über den Glastisch. Pepper griff danach und las: ›Direktor Dr. Hahnisch.‹

»Aber«, fuhr der Besucher fort, »wir ... nun, uns würden Ihre Ergebnisse sehr interessieren, und wir wären auch bereit, gut dafür zu bezahlen!«

»Ach!« machte Pepper, »und warum?«

»Das liegt doch auf der Hand. Wir sind in diesen unseligen Giftmüllfall verwickelt, obwohl uns keinerlei Schuld trifft. Aber, Sie kennen das ja, es bleibt immer etwas hängen. Wir wollen raus aus den Schlagzeilen, und zwar so schnell wie möglich. Ich habe mich erkundigt. Sie gelten als guter Mann in Ihrem Fach. Und wenn wir irgend etwas tun können – finanziell meine ich – um Ihre Arbeit zu unterstützen ... wie gesagt, je schneller die Geschichte aufgeklärt ist...«

»Gibt es auch noch einen anderen Grund für Ihr Interesse?« fragte Pepper.

»Ich verstehe nicht!«

»Nun, es könnten ja auch Dinge ans Licht kommen, die Ihnen oder Ihrer Firma unangenehm sind – da wäre es nur verständlich, wenn Sie verhindern wollten, daß das ans Tageslicht kommt.«

Hahnisch lächelte mit dünnen Lippen. »Ich sehe, wir verstehen uns.«

»Wieviel Fässer von dem giftigen Zeug fallen denn bei Ihnen pro Monat an?« fragte Pepper.

»Also, da bin ich nun wirklich überfragt.«

Pepper sah seinen Gast befremdet an. »Ich dachte, Sie beschäftigen sich mit all den Fragen, die mit den Giftmüllskandalen zusammenhängen.«

»Sicher, aber die Zahlen habe ich dennoch nicht im Kopf.«

»Seltsam«, sagte Pepper.

Hahnisch erhob sich. »Nun, wie steht's mit einer Zusammenarbeit?«

Pepper breitete die Arme aus. »Da ich in diesem Fall mein eigener Auftraggeber bin...«

»Sie recherchieren ohne Auftrag?« fragte Hahnisch scharf.

»Das verletzte Mädchen ist mir gut bekannt.«

»Aber deshalb ... ich meine, Sie haben doch sicher viel Arbeit und auch ein gewisses Risiko auf sich genommen.«

Pepper kniff die Augen zusammen. »Wer hat Ihnen das erzählt?«

»Das ist nur eine Vermutung von mir!«

Pepper ging einen Schritt auf Hahnisch zu.

»Sagen Sie mir klipp und klar: Brauchen Sie mich, um Dinge ans Licht zu bringen oder um Dinge zu verschleiern?«

»Ich habe Ihnen alles gesagt, was dazu zu sagen ist.«

Hahnisch drehte sich um und ging zur Tür.

»Ich melde mich wieder«, sagte er und zog die Tür hinter sich zu.
Pepper eilte sofort zu seinem Telefon. Er zog die Visitenkarte zu sich her und wählte die darauf angegebene Durchwahlnummer.
»Hier Sekretariat Direktor Dr. Hahnisch«, flötete eine weibliche Stimme.
»Hier Pepper, kann ich Herrn Dr. Hahnisch sprechen?«
»Er ist leider nicht erreichbar.«
›Das weiß ich wohl‹, dachte Pepper. »Wann erreiche ich ihn, oder können Sie mir sagen, wo er ist? Es ist ziemlich dringend.«
»Herr Direktor Dr. Hahnisch hat ein paar Tage Urlaub genommen.«
»Schön für ihn«, meinte Pepper und legte auf. Dann sagte er zu sich selbst: »Der Kerl ist garantiert nicht ganz sauber!«
Er wälzte das Telefonbuch, fand Name, Adresse und Nummer von einem Dr. Gerd Hahnisch. Er wählte.
»Ja, hier Hahnisch«, meldete sich eine Frau.
»Consilius«, sagte Pepper.
»Ja, bitte«, der Name schien ihr nichts zu sagen.
»Ist Ihr Mann zu sprechen?«
»Nein, leider, er ist verreist.«
»Dienstlich?«
»Ja, für die Firma, warum fragen Sie?«
»Ach, Herr Kasparczek meinte...« Pepper ließ den Satz in der Luft hängen und horchte gespannt.
»Ich weiß über die dienstlichen Angelegenheiten meines Mannes leider nicht Bescheid.«
»Schade. Kasparczek meinte...«
»Ich glaube nicht, daß Herr Kasparczek...«, sie unterbrach sich, »melden Sie sich doch bitte nächste Woche noch mal, Herr äh ... wie war doch gleich Ihr Name?«
Pepper legte behutsam auf.
Frau Hahnisch kannte also Kasparczek, da war er sich jetzt ziemlich sicher. Was bestand da für eine Verbindung?

Pepper spürte, daß er der Lösung immer näher kam. Die darauffolgende Nacht würde ihn bestimmt ein gutes Stück weiterbringen, dachte er.

Pepper wird außer Gefecht gesetzt

Nach Feierabend fuhren Pit und Jonny zuerst einmal ins Krankenhaus.
Arnica lag bleich und eingefallen in ihren Kissen. Als die beiden Jungen ins Zimmer kamen, versuchte sie zu lächeln, aber es gelang ihr nicht besonders gut.
»Wie fühlst du dich?« fragte Pit und legte ihr ein Päckchen auf die Bettdecke.
»Es geht. – Was ist denn da drin?«
»Ein Buch!« antwortete Jonny.
»Hättest du nicht warten können, bis sie es auspackt?« sagte Pit ärgerlich.
»Ach, laß nur«, Arnica zeigte auf eine Zeitung, die auf ihrem Nachttisch lag. »So hätte es mir auch gehen können«, meinte sie.
Der Bericht über den zweiten Giftmüllfall war aufgeschlagen.
»Hat Pepper schon etwas herausbekommen?« fragte sie.
»Nein, aber wir«, erwiderte Jonny stolz.
Pit zog sich einen Stuhl heran.
»Also, wir wissen jetzt, daß ein Mitarbeiter von Consilius Fässer transportiert und irgendwo deponiert. Wahrscheinlich weiß Consilius gar nichts davon. Das ganze könnte aber auch ein Tarnmanöver von Consilius sein. Allerdings sieht es im Augenblick so aus, als ob Consilius eine saubere Weste haben könnte. Und dann geht es immer um einen Mann namens Kasparczek. Den suchen Rübenach und Pepper um die Wette, aber sie finden ihn nicht!«
»Ziemlich kompliziert«, sagte Arnica.

»Ja, leider. Aber wenn es gelingt, den Transport in der kommenden Nacht zu verfolgen...«
»Das wollt ihr tun?«
»Nein, Pepper«, entgegnete Jonny, »wenn ich denke, daß ich mir die Nacht um die Ohren schlagen soll, wo ich jetzt schon hundemüde bin!«
Arnica versuchte, einen Scherz zu machen: »Man könnte fast Mitleid mir dir bekommen!«
»Tja, seitdem unser Jonny zur arbeitenden Bevölkerung gehört...« sagte Pit.
»Macht euch nur lustig.« Jonny wurde richtig sauer.
»Wenn ich mir vorstelle, daß meine Klassenkameraden den ganzen Tag im Schwimmbad liegen...«
»Niemand hat dich gezwungen, mitzumachen.« meinte Pit.
»Aber wenn ich nicht mitgemacht hätte, wüßten wir nicht, daß Pfefferkorn heute nacht einen illegalen Transport vorhat.«
»Das stimmt allerdings«, gab Pit versöhnlich zu. »Das war echt stark, wie du das herausbekommen hast. Und mich hat das nur ein Leberwurstbrot gekostet!«
Die beiden Jungen blieben gut eine halbe Stunde. Beiden war anzumerken, wie erleichtert sie waren, daß ihre Freundin langsam wieder gesund wurde. Sie mochten gar nicht mehr daran denken, daß Arnica in höchster Lebensgefahr geschwebt hatte.
Gegen sechs Uhr war jeder der beiden Jungen bei sich zu Hause. Pits Mutter arbeitete seit ein paar Wochen als Verkäuferin und kam deshalb erst nach sieben Uhr nach Hause. Wenn der Laden geschlossen wurde, mußte sie noch aufräumen, ein wenig dekorieren und alles für den nächsten Morgen herrichten.
Pit stieg zuerst in die Badewanne. Danach zog er seinen Bademantel an und machte das Abendessen für seine Mutter und sich zurecht.
Jonny legte sich daheim völlig ermattet auf die Couch und schaltete den Fernseher an. Seine Mutter war noch in der Galerie und sein Vater kam von der Zeitung sowieso selten vor acht oder neun Uhr nach Hause.

Pepper saß grübelnd in seinem Salonwagen. Er überlegte hin und her, ob er Rübenach von Pits und Jonnys Erkenntnissen berichten sollte. Aber tief in ihm drin saß ein Groll gegen den Kommissar. Die Art, wie Rübenach ihn behandelte, ärgerte ihn. Schließlich waren sie ja einige Jahre Kollegen gewesen.
Pepper war gerade zu dem Ergebnis gekommen, daß er zunächst auf eigene Faust weitermachen wollte, da klopfte es. Frau Scheringer kam herein. Sie hatte einen Henkelkorb am Arm und ließ sich müde auf die alte Polsterbank gleich neben der Tür fallen.
»Das war wieder einmal ein Tag«, sagte sie. »Jedesmal wenn ich mich gerade mal für eine Weile hinsetzen wollte, kam irgendein Kind und verlangte einen Kaugummi oder ein Cola, oder eine Kundin kam und wollte weiter nichts, als eine Viertelstunde unterhalten werden. Dafür zahlt mir ja keiner etwas!«
»Aber wenn es nicht so wäre, wäre es Ihnen auch nicht recht«, meinte Pepper.
Er stand auf und goß der Alten einen Tee ein. Dann schob er ihr eine hübsche Silberschale mit knusprigem Gebäck zu.
»Das wird meine alten Knochen wieder auf Vordermann bringen«, sagte Frau Scheringer und griff zu.
Pepper sah auf die Uhr. »Ich muß dann wohl mal los.«
»Haben Sie eine Spur?«
»Die Jungs haben etwas herausbekommen. Sieht ganz so aus, als ob der Endspurt käme. Ich spüre so etwas.«
»Und wer spurtet um die Wette?« fragte die Alte.
»So ganz klar ist das noch nicht. Auf jeden Fall habe ich die Nase diesmal deutlich vor Rübezahl.«
»Kann ich irgend etwas helfen?« fragte die Alte hoffnungsvoll.
»Ja, sicher.«
Da leuchtete ihr Gesicht auf und alle Müdigkeit schien verflogen zu sein.
»Aha, und was?«
»Wenn Sie hier die Wache übernehmen. Kann sein, daß ich mich von unterwegs melden muß und Hilfe brauche. Dann

müßten Sie den Rübezahl aus dem Bett klingeln und hinterherschicken.«
»Gut, wird gemacht, wenn es auch kein besonders spannender Job ist.«
»Zu Ihrem zweiundachtzigsten Geburtstag verspreche ich Ihnen einen«, sagte Pepper lachend.
»Ich komme darauf zurück«, entgegnete die Alte.
Pepper band sein Schulterhalfter für die Pistole um, was er nur selten tat, zog eine weite, karierte Jacke darüber und schob sein kleines Fernglas in die Seitentasche. Dann hob er den Daumen der rechten Hand und marschierte los.
»Viel Glück«, rief Frau Scheringer und lehnte sich leise seufzend zurück. Sie griff nach einem Buch, das aufgeschlagen auf dem Tisch lag und las den Titel: »Der moderne Detektiv – Rechtsstellung und Berufsbild«. Sie schüttelte den Kopf. Dann sagte sie leise: »Als ob man das aus Büchern lernen könnte.«
Ein Schuß zerriß die Stille.
Frau Scheringer brach der Schweiß aus. Sie stemmte sich hoch und schlurfte zur Tür. Ihre Beine waren schon lange krank. Sie konnte sich nur mühsam vorwärtsbewegen.
Die Angst um Pepper gab ihr Kraft. Sie war für ihre Verhältnisse schnell an der Tür. Ein zweiter Schuß. Ein Aufschrei. Dann heulte ein Motor auf.
Frau Scheringer war schon auf der Eisentreppe des Salonwagens. Fast wäre sie gestürzt, denn ihre Beine drohten den Dienst zu versagen.
Jetzt stand sie auf dem Gartenweg. Sie mußte sich an der Wand des alten Eisenbahnwagens stützen. Hand über Hand schob sie sich nach vorne. Von irgendwoher rief eine Stimme: »Was ist denn das für ein Lärm da unten?«
»Hilfe!« schrie Frau Scheringer, »kommen Sie, helfen Sie!«
Sie hatte das hintere Ende des Salonwagens erreicht. Zwischen dem Wagen und der Rosenhecke, die Peppers Grundstück begrenzte, lag ein dunkles Bündel.
Frau Scheringer schob sich mühselig heran. Ein wenig Licht fiel

von der Bogenlampe herüber, die vorne an der Straße stand. Der Schein beleuchtete den grauen, wirren Haarkranz Peppers. Er lag leblos in seinem Garten.
Noch einmal schrie Frau Scheringer so laut sie konnte. »Hilfe! Hilfe!« Niemand rührte sich. Irgendwo klappte ein Fenster zu. Ein Motorrad fuhr vorbei. Einmal glaubte sie sogar, Schritte zu hören. Aber Peppers Garten betrat niemand. Sie beugte sich zu dem Detektiv hinunter. Er stöhnte leise.
»Ist es schlimm?« fragte die Alte, aber Pepper gab keine Antwort. Er war mit dem Kopf gegen einen der Natursteine gestoßen, mit denen er seine Rosenbeete eingegrenzt hatte. Blut sikkerte aus seiner Stirn. Auch der rechte Ärmel des karierten Jacketts war mit Blut getränkt.
Frau Scheringer erhob sich ächzend und ging langsam zum Salonwagen zurück. Mit letzter Kraft zog sie sich am Geländer der Eisentreppe hinauf. Im Wagen griff sie sofort nach dem Telefon. Zuerst rief sie einen Notarztwagen, dann versuchte sie, Rübenach zu erreichen, von dem es aber hieß, er sei bei Ermittlungen. Also kehrte sie zu Pepper zurück. Der hatte sich inzwischen vorsichtig auf den Rücken gedreht und richtete sich gerade ein wenig auf die Ellbogen auf.
»Verdammter Mist«, fluchte er leise.
Frau Scheringer fuhr ihm mit den Fingern durchs Haar.
»Ganz ruhig, gleich kommt Hilfe.«
»Man muß den Rübenach...«
»Habe ich versucht, aber er ist unterwegs. Irgendwelche Ermittlungen...«
»Oder Pit...«
»Jetzt halten Sie doch mal still!« schimpfte die Alte.
»Ach was«, Pepper schien schon wieder Kräfte zu sammeln. »Ich habe einen Streifschuß am Arm und irgend etwas hat mir den Schädel demoliert!«
»Sie sind schwer verletzt und damit basta«, setzte die Alte dagegen.
Der Notarztwagen kündigte sich mit Blaulicht und Martinshorn

an. Er stoppte vor dem Garten. Der gleiche Arzt, der auch Arnica versorgt hatte, sprang mit einer eleganten Flanke über den Zaun und war Sekunden später bei Pepper.
»Tja, irgendwann mußte mal so etwas passieren!« sagte Doktor Ferner.
»Schlaukopf«, murrte Pepper.
Zwei Sanitäter kamen mit einer Trage.
»Ich gehe aber nicht ins Krankenhaus«, sagte Pepper heftig. »Das kann ich alles hier alleine kurieren.«
»Erst werden Sie mal untersucht!« entschied der Arzt.
Die beiden Sanitäter brachten Pepper in seinen Salonwagen und betteten ihn auf die Couch. Dr. Ferner untersuchte ihn, verband die beiden Wunden und gab ihm eine Spritze.
»Sie können hier bleiben«, meinte er »wenn ich mich darauf verlassen kann, daß Sie Bettruhe halten.«
Der Arzt sah Frau Scheringer an. »Sind Sie mit ihm verwandt?«
»Gott bewahre«, antwortete sie mit einem spitzbübischen Lächeln. »Aber aufpassen kann ich trotzdem auf ihn.«
»Ja, das traue ich Ihnen zu.« Auch der Doktor lächelte. »Ist die Polizei schon benachrichtigt?« fragte er dann. »Es handelt sich bei der Wunde am Arm ja unzweifelhaft um eine Schußverletzung.«
»Ich habe Rübezahl, ich meine Kommissar Rübenach, schon zu erreichen versucht, aber er ist unterwegs«, entgegnete die Alte.
»Muß ja nicht Rübezahl sein«, der Arzt übernahm den Spitznamen so selbstverständlich, daß man annehmen konnte, auch ihm sei er längst geläufig.
»Ich versuch' es gleich noch mal«, sagte Frau Scheringer.
»Lassen Sie mal. Wir machen das über Funk. Da haben wir Routine.«

Pit saß zu Hause vor dem gedeckten Tisch, als seine Mutter anrief. Sie hatte in der Stadt Jack Feuervogel getroffen, einen alten Freund, den sie bei Pepper kennengelernt hatte. Er hatte sie zum Essen eingeladen.

»Schlimm für dich?« fragte sie den Sohn.
»Ne«, log er und schaute traurig auf den schön gedeckten Tisch, »ich habe zwar gekocht, aber das können wir auch morgen noch essen.«
»Ich komme nicht sehr spät«, sagte Frau Küster.
»Wegen mir brauchst du dich nicht zu beeilen. Ich schaue noch schnell bei Pepper vorbei«, antwortete Pit.
Er legte auf, zog sich an und stellte das Essen in den Kühlschrank. Die beiden Gedecke ließ er stehen.
Vor Peppers Grundstück stand ein Polizeifahrzeug. Pit ging vorsichtig den Gartenweg entlang und blieb an der halboffenen Tür zum Wageninnern stehen.
Er hörte, wie ein uniformierter Beamter gerade sagte: »Und Sie können sich wirklich nicht vorstellen, wer auf Sie geschossen haben könnte?«
Pepper tat so, als ob er überlegte. Dabei ließ er den Blick scheinbar ziellos durch den Raum wandern. Er entdeckte Pit, der im Türrahmen lehnte.
»Hallo, mein Junge«, rief er, »da hat irgendein Verrückter auf mich geschossen. Weiß der Himmel warum!«
Pit sagte nichts dazu. Er starrte Pepper nur an. Er wunderte sich, daß ein Mensch so schnell in sich zusammenfallen konnte. Pepper sah um Jahre älter aus. Seine Haut war wächsern, seine Augen lagen tief in den Höhlen. Pit entdeckte Falten im Gesicht des Detektivs, die er nie zuvor gesehen hatte.
Der Polizist beendete seine Befragung und verabschiedete sich mit den Worten: »Wir werden versuchen, den Kollegen Rübenach zu erreichen. Er wird sich bei Ihnen melden.«
Als die Polizisten den Salonwagen verlassen hatten, fragte Pit: »Haben Sie denen etwas von der Unternehmung heute nacht gesagt?«
»Nein«, Pepper war es sichtlich unbehaglich.
»Der Rübenach reißt mir doch die Ohren ab, wenn ich ihm erst jetzt etwas sage, nachdem ich verwundet bin. Wir hätten ihm alles gleich heute nachmittag melden müssen.«

»Und was geschieht jetzt?«
»Tja, wenn ich das wüßte.«
»Jetzt übernimmt die Alte das Kommando«, meldete sich Frau Scheringer resolut.
Pit mußte lachen und auch Pepper verzog das Gesicht, als ob er lachen wollte.
»Da könnt ihr euch darüber amüsieren, oder nicht«, sagte die Alte. Sie griff nach dem Telefon und wählte. »Ist dort der Tagesreport? ... Ja, geben Sie mir bitte Herrn Bergemaier... Ja, richtig, den Reporter.«
»Was wollen Sie denn von Jonnys Vater?« fragte Pit.
Aber das stellte sich dann schnell heraus. Binnen einer halben Stunde hatte Frau Scheringer alle zusammengetrommelt, die helfen konnten. Herr Bergemaier kam mit seinem gähnenden Sohn Jonny. Nachdem Frau Scheringer elf Restaurants abgeklappert hatte, fand sie auch Pits Mutter und Feuervogel.
»Schluß mit dem Rendezvous«, sagte sie, »dafür ist morgen wieder Zeit, jetzt werden Sie gebraucht.«
Feuervogel freute sich über die ›Einladung‹, während Frau Küster weniger glücklich aussah.
»Wir hatten noch keine zehn Sätze miteinander geredet...« meinte sie ärgerlich.
Jack Feuervogel war vor Jahresfrist dank Pepper und seinen Freunden aus einer sehr unangenehmen Geschichte* herausgekommen. Er hatte ein eigenes Hell-Driver-Unternehmen gehabt. Einige seiner Mitarbeiter hatten damals die Gelegenheit genutzt, die sich durch die vielen Reisen ergab, und Falschgeld geschmuggelt. Als sie merkten, daß Feuervogel ihnen daraufgekommen war, hatten sie seine Maschine präpariert, und um Haaresbreite wäre er dabei ums Leben gekommen. Daß Pepper und seine Freunde für ihn eingetreten waren, hatte er ihnen nie vergessen.
Jetzt saßen sie alle um den großen Glastisch und berieten. Nur

* Siehe *Paul Pepper und der tödliche Sprung,* Franckh Verlag, Stuttgart

Pepper lag im Hintergrund auf der Couch und sah griesgrämig drein.
»Das kann keiner von euch. Ihr habt doch gar nicht gelernt, jemanden zu beschatten. Außerdem haben wir keine Zeit mehr.«
»Ich könnt' mich auf dem Laster verstecken!« schlug Jonny vor.
Aber da kam er bei seinem Vater schlecht an.
»Du versteckst dich in deinem Bett, daß das mal klar ist!«
Feuervogel sagte: »Ich denke, daß ich auf meinem Motorrad so einem Transport folgen kann, ohne daß es auffällt.«
»Ich traue mir das auch zu«, sagte Herr Bergemaier schnell.
Die Alte übernahm wieder das Kommando.
»Ich schlage vor, daß Feuervogel sich in der Nähe des Anwesens von Consilius postiert. Gibt es eine Möglichkeit, daß ihr per Funk in Verbindung miteinander bleibt?«
»Ausgeschlossen«, rief Pepper von hinten, »nachher hören sie das ab. Wir hätten sowieso nur Walkie-talkies, die nicht mehr als zwei oder drei Kilometer überbrücken.«
»Dann muß es anders gehen«, schaltete sich Frau Scheringer wieder ein. »Ich bleibe hier am Telefon. Jeder bekommt einen Partner mit. Frau Küster fährt mit Jack Feuervogel und Pit begleitet Herrn Bergemaier.«
Eigentlich hatten alle gedacht, daß Frau Küster protestieren würde. Schließlich mußte sie morgen in aller Frühe wieder raus. Und keiner konnte sich die Frau auf dem Soziussitz eines Motorrades vorstellen. Aber sie lächelte Feuervogel zu und nickte.
»Und ich?« fragte Jonny, »ohne mich würdet ihr doch jetzt alle daheim sitzen und Däumchen drehen.«
»Also gut. Du kommst in meinem Wagen mit«, meinte Herr Bergemaier, »dann weiß ich wenigstens, wo du dich herumtreibst.«
»Na dann, nichts wie los!« sagte die Alte.
Herr Bergemaier trat noch einmal an die Couch zu Pepper.
»Und Sie haben wirklich keine Ahnung, wer auf Sie geschossen hat?«

»Heute nachmittag war einer bei mir, ein gewisser Hahnisch. Direktor bei der ›Regener Chemie‹. Er wußte, daß ich ermittle und wollte mich kaufen. War ein ziemlich schwachsinniges Gespräch, muß ich sagen. Ich fürchte, er hat Angst, daß etwas herauskommt. Denkbar wäre es natürlich, daß er mich kampfunfähig machen wollte, weil er befürchtet, daß ich Dinge herausbekomme, die ihn ... oder seine Firma...« Pepper ließ wieder einmal den Satz in der Luft hängen.
»Um den sollte man sich vielleicht kümmern«, sagte Bergemaier gedehnt.
»Jetzt kümmert euch erst mal um Pfefferkorn!« entgegnete Pepper grob und drehte sich um. Er hielt es fast nicht aus, tatenlos dazuliegen und zuhören zu müssen, wie die anderen das zu Ende führten, was er begonnen hatte.
Die Tür fiel zu. Pepper war mit Frau Scheringer allein.
»Warum sind Sie denn so knatschig, es läuft doch alles«, sagte sie und rieb sich die Hände. Sie war in ihrem Element.
»Ich koche uns noch einen Tee!« rief sie aufgeräumt und schlurfte in Peppers kleine Küche.
Als sie zurückkehrte, war der Detektiv eingeschlafen. Die Spritze, die ihm der Arzt gegeben hatte, tat ihre Wirkung.

Eine unheimliche Begegnung

Das Gelände der Firma ›Consilius‹ lag im Dunkel, als Herr Bergemaier seinen Wagen ausrollen ließ. Er parkte dicht bei der Telefonzelle unter der großen Linde, deren Blüten einen starken Duft ausströmten. Feuervogels Motorrad stand etwa dreißig Meter entfernt direkt an der Einfahrt zum Grundstück. Im Büro brannte noch Licht.
Pit sah auf seine Uhr. Es war kurz nach zehn Uhr. Über den Platz geisterte ein schwacher Lichtschein, der vermutlich von einer Taschenlampe kam.

Bevor Bergemaier es registriert hatte, öffnete Pit die Autotür und war in der Dunkelheit verschwunden. Der Reporter fuhr herum. Doch Jonny saß nach wie vor auf dem Rücksitz und kämpfte mit einer bleiernen Müdigkeit, die von seinem ganzen Körper Besitz ergriffen hatte.

»Ich habe doch laut und deutlich gesagt, keine Extratouren«, brummte Jonnys Vater ärgerlich.

»Pit wird schon aufpassen«, sagte Jonny und dehnte seine müden Glieder.

Pit stieg vorsichtig über einen niedrigen Draht, der als Überbleibsel eines einstigen Maschendrahtzauns geblieben war. Die Hunde bellten, aber sie waren angekettet. Consilius machte sie erst los, wenn er abends sein Büro abschloß und nach Hause ging. Doch soweit war er noch nicht. Zwar kämpfte auch er mit der Müdigkeit und dem Schlaf, aber er hatte begonnen, die Vorgänge um die Giftmüllbeseitigung noch einmal in Gedanken aufzuarbeiten. Immer wieder ging er zum Aktenschrank, zog Ordner heraus, prüfte Fahrberichte und die Aufzeichnungen der Fahrtenschreiber. Er verglich die Einsatzpläne. Aus seiner Sicht und nach seiner Erinnerung mußte alles planmäßig gelaufen sein.

Erschöpft schlug er den Ordner, der gerade vor ihm lag, zu und schob ihn an seinen alten Platz zurück.

Consilius griff nach dem Telefon, hob den Hörer ab und lauschte eine Weile wie selbstvergessen dem Dauerton. Dann ließ er den Hörer wieder langsam in die Gabel gleiten. Nach zehn Uhr wäre es eine grobe Unhöflichkeit gewesen anzurufen, nur um ein paar Informationen einzuholen, für die morgen auch noch Zeit war.

Er verstaute die restlichen Akten, schloß sorgfältig seinen Schreibtisch, die Schränke und den Tresor ab und verließ das Büro, nachdem er die Lichter gelöscht hatte.

Etwa zur gleichen Zeit kam Pepper wieder zu sich. Er hatte geträumt: Consilius' Hunde waren über ihn hergefallen. Sie hat-

ten plötzlich riesige Ausmaße gehabt, außerdem Löwenpranken und Löwenmähnen. Außerdem bellten sie nicht, sondern brüllten wie die großen Raubtiere. An ein Entrinnen war nicht zu denken, denn alle beide saßen mit funkelnden Augen und gebleckten Zähnen tief zum Sprung geduckt vor ihm.
»Gott sei Dank!« entfuhr es ihm, als er zu sich kam.
»Was haben Sie denn?« fragte Frau Scheringer, die bequem auf der Polsterbank saß und strickte.
»Ach nichts, ich habe geträumt. Von Hundelöwen, die mich um ein Haar aufgefressen hätten. Wenn man da keine Waffe...« Er unterbrach sich und setzte sich ruckartig auf.
»Liegenbleiben!« kommandierte die Alte.
»Diese Spritze, wissen Sie, aus der Betäubungspistole oder dem Betäubungsgewehr. Sie kennen doch jemand von ›Regener Chemie‹, da muß man sofort...«
»Geht es auch ein bißchen zusammenhängender und übersichtlicher?« fragte Frau Scheringer.
»Wie? Was? Ach so, ja. Also: Die Hunde von Consilius wurden betäubt. Man hat Spritzen gefunden, nein, keine Spritzen, kleine Injektionsgeschosse, in denen das Betäubungsgift war.«
»Langsam komme ich mit«, sagte die Alte. »Ich glaube, die ›Regener Chemie‹ stellt so was her.«
»Die Frage ist, wer kommt an solche Betäubungsgeschosse?«
»Und diese Frage stellen Sie jetzt? Es ist zehn Minuten nach zehn Uhr!«
»Wie heißen die Leute?« fragte Pepper unbeirrt.
»Fortenbacher, sie heißt Annette und er heißt, glaube ich, Victor.«
»Anrufen!« sagte Pepper knapp.
Frau Scheringer hatte bereits nach dem Telefonbuch gegriffen.
»Es gibt eine ganze Menge ›Fortenbacher‹ in der Stadt«, seufzte sie.
Die Alte wählte.
»Ich muß mich tausendmal entschuldigen«, flötete sie gleich darauf ins Telefon. »Hier ist Frau Scheringer, Sie wissen ... ja,

natürlich, die vom Kiosk, zu einem Supermarkt habe ich es leider noch nicht gebracht... Eine Frage, Frau Fortenbacher: Wir sprachen doch über die Giftmüllfässer. Und nun ... also, es wäre zu schwierig, Ihnen jetzt die ganze Geschichte zu erzählen. Das können wir ja morgen nachholen, wenn Sie zum Einkaufen vorbeikommen...«

Pepper verdrehte seine Augen und zischte: »Zur Sache, Alte!«

»Ähh«, machte Frau Scheringer, »zur Sache. Wir müssen unbedingt wissen, ob bei ›Regener Chemie‹ Betäubungsgifte hergestellt werden, mit denen man Tiere in Narkose versetzen kann. Und ob diese Gifte in so Spezialgeschosse für Betäubungsgewehre gefüllt werden?«

Pepper nickte anerkennend. Das war eine klare Formulierung, so hatte er es gerne.

Frau Scheringer hörte eine Weile zu, dann deckte sie die Muschel des Telefonhörers ab und flüsterte: »Sie holt ihren Mann, er ist aber schon im Bett!«

Pepper zuckte die Achseln. »Und wenn schon, der Fall ist wichtig genug!«

Doch da fing Frau Scheringer schon wieder an, sich wortreich zu entschuldigen, aber es sei eben so wichtig, sagte sie. Eigentlich sei es sogar lebenswichtig, denn es gehe jetzt darum, die Giftmüllfässer zu finden, die bis jetzt noch verborgen seien.

»Was das mit den Ampullen zu tun hat?« Sie sah Pepper fragend an.

»Bei Consilius ist eingebrochen worden, die Hunde sind außer Gefecht gesetzt. Einbrecher vermutlich verantwortlich für Giftmüllfässer!« flüsterte er ihr zu.

Frau Scheringer übersetzte das in vollständige Sätze, und jetzt schien ihr Gesprächspartner begriffen zu haben. Sie hörte ihm ruhig zu und legte, nachdem sie sich herzlich bedankt und noch einmal entschuldigt hatte, auf.

»Nun?« Pepper schwang die Beine über den Rand der Couch.

»Sie sollen liegenbleiben! Also. Es ist völlig ausgeschlossen, daß jemand an die Ampullen herankommt. Sie sind unter Verschluß und werden bei jeder Lieferung doppelt und dreifach gezählt. Erst vor zwei Tagen ist eine geringe Stückzahl rausgegangen. An unseren Zoo hier übrigens. Und da hat alles gestimmt. Herr Fortenbacher weiß das ganz genau. Er war dabei.«

»Vor zwei Tagen? Und an den städtischen Zoo?«

Pepper kratzte sich am Kopf und verzog dabei sein Gesicht vor Schmerzen. Schließlich sagte er: »Wir fahren!«

»Sie fahren nicht!« entgegnete die Alte bestimmt.

»Dann nehmen wir ein Taxi!«

Pepper wäre alles recht gewesen, Hauptsache, Frau Scheringer bestand nicht mehr darauf, daß er liegenbleiben sollte.

Die Alte bestellte ein Taxi.

Als der Fahrer vor Peppers Grundstück vorfuhr, standen die beiden schon am Tor. Pepper hatte die gleiche Mühe beim Einsteigen wie Frau Scheringer.

»Eine Alte und ein Invalide«, stellte Frau Scheringer sich und Pepper dem Fahrer vor, »und wissen Sie, was wir vorhaben?«

»Woher soll ich das wissen? Vielleicht wollen Sie tanzen gehen?«

»Ne«, erwiderte die Alte. »Verbrecher jagen!«

Jetzt drehte sich der Fahrer zum ersten Mal um und schaute sich das seltsame Paar an. Plötzlich stieß er mit dem Zeigefinger vor und sagte: »Pepper, Paul Pepper, der Detektiv, nicht wahr?«

Der Detektiv nickte geschmeichelt. »Sie kennen mich?«

»Ich lese ja Zeitung!«

Er startete.

»Wo soll es hingehen?«

»Erst mal zum Zoo«, antwortete Pepper.

»Ist dort ein Rhinozeros gestohlen worden?«

»Ne«, erwiderte Pepper, »eine Herde Giraffen!«

Pit hatte aus sicherer Entfernung beobachtet, wie Consilius sein Büro verlassen hatte. Kaum war der schwarze Wagen verschwunden, den der Transportunternehmer privat fuhr, da

leuchtete schon wieder der Lichtkegel einer Taschenlampe auf. Im Licht der Straßenlaterne sah Pit den Platzverwalter Pfefferkorn auf einen der Lastwagen zueilen. Der Junge schaute auf seine Uhr. Die Digitalanzeige gab zweiundzwanzig Uhr zwanzig an.
Der Motor des schweren Lastwagens begann zu brummen. Pfefferkorn spielte mit dem Gas. Er legte krachend einen Gang ein und stieß zurück.
Jonnys Vater trommelte nervös mit den Fingern auf dem Lenkrad.
»Wo bleibt denn Pit? Wir können doch nicht ohne ihn weg?«
Jonny kurbelte das Fenster herunter und beugte sich weit hinaus, um besser sehen zu können.
»Ich sehe Pit!« rief er plötzlich, »er ist ganz nah beim Lastwagen. Mensch, der Pfefferkorn fährt ja irgendwo anders hin! Der will hinten raus. Das bedeutet, daß wir um den ganzen Block fahren müssen. Und da ist auch noch die Bahnlinie!«
»Kann man denn nicht übers Grundstück?« fragte Bergemaier verzweifelt.
»Nein, da läuft ein kleiner Wall herum, und da wo die Lastwagen sonst hinausfahren, ist ein Tor.«
»Verdammt und zugenäht«, schimpfte Bergemaier.
Drei Meter weiter vorne ließ Feuervogel seine schwere Maschine an.
Jonny rief: »Da schau! Pit springt auf den Lastwagen auf!«
»Schweinerei!« schnaubte Bergemaier und startete seinen Wagen.
Pfefferkorn war stets auf Sicherheit bedacht. So heikle Missionen, wie diese, mußten gut vorbereitet sein und wenn man gezwungen war, übereilt zu handeln, mußte man sich besonders viel einfallen lassen.
Er kannte den Zugbetrieb genau. Um zweiundzwanzig Uhr dreiundzwanzig fuhr der Intercity von Hamburg kommend durch. Er war fast immer pünktlich. Das bedeutete, daß jeder, der auf der Industriestraße zur hinteren Ausfahrt kommen

wollte, erst einmal von einer Bahnschranke aufgehalten wurde. Aber Pfefferkorn kannte einen anderen Weg.
Jack Feuervogel kehrte sofort um, als er die herabgelassene, rot-weiße Schranke sah.
»Halten Sie sich gut fest!« rief er über die Schulter.
Er steuerte auf den Wall zu, der das Grundstück umgab. Das Motorrad heulte auf und machte einen gewaltigen Satz, aber es landete sicher auf der anderen Seite. Der Platz war uneben und voller Schlaglöcher. Werkzeug, das achtlos weggeworfen worden war, lag herum. Feuervogel fuhr ohne Licht. Der Fahrer des Lastwagens hätte sofort gewußt, daß er verfolgt wurde, wenn die Scheinwerfer der Maschine aufgeleuchtet hätten. Die Hunde rasten eine Weile bellend nebenher, blieben dann aber zurück.
Pit hatte den Lastwagen von hinten bestiegen. Er war ein paar Meter hinter ihm hergerannt, hatte dann seine Schritte noch beschleunigt, und mit einem gewaltigen Satz war es ihm gelungen, die hintere Klappe zu packen. Sich vollends hinaufzuziehen und auf die leere Ladefläche rollen zu lassen, war im Vergleich dazu ein Kinderspiel. Jetzt ging es darum, einen Platz zu wählen, an dem er durch das schmale Rückfenster am Führerhaus nicht gesehen werde konnte.
Der Junge kauerte sich in die vordere rechte Ecke der Ladefläche. Pfefferkorn hätte den Hals schon sehr verrenken müssen, um ihn zu sehen.
Doch Pfefferkorn hatte anderes zu tun. Die hintere Ausfahrt war schmal und holprig. Consilius hatte den Fahrern schon seit langem untersagt, sie zu benutzen, auch wenn man dadurch die Bahnschranke umgehen konnte. Gleich nach der Ausfahrt ging es nämlich durch eine schmale Unterführung, die für den Lastwagenverkehr eigentlich gesperrt war, auf die andere Seite des Bahnkörpers.
»Es wäre gar nicht notwendig gewesen, daß sich Pit so in Gefahr bringt«, sagte Herr Bergemaier ärgerlich, »wir holen den Lastwagen bestimmt ein.«

Jonny gähnte und räkelte sich in den Polstern.
»Pit wird nicht so viel nachgedacht haben. Er ist einfach aufgesprungen, weil er meinte, daß Pfefferkorn uns sonst entwischt.«
Herr Bergemaier brummte etwas Unverständliches.
Der Intercity fuhr vorbei – eine lange Kette erleuchteter Fenster. Der Zug war längst am Horizont verschwunden, als sich die Schranke langsam hob. Herr Bergemaier stand ganz vorn. Hinter ihm hatten sich noch zwei Autos eingefunden. Er startete mit quietschenden Reifen.
»Man merkt, daß du mal Rallyes gefahren bist«, sagte Jonny.
Pfefferkorn war nur etwa achthundert Meter auf der Bundesstraße geblieben. Dann bog er in einen Seitenweg ein, den ein kreisrundes, weißes Schild mit rotem Rand als gesperrt auswies. Leise pfeifend schaukelte Pfefferkorn den Laster durch das enge Sträßchen. Rechts und links schlugen Zweige gegen das Führerhaus und die Plane. Den Weg kannten die wenigsten. Aber wer so oft heimlich nachts in den Wald fahren mußte wie Pfefferkorn, der kannte jeden Weg und Steg.
Bergemaiers schnelles Auto schoß wenige Augenblicke, nachdem Pfefferkorn in dem Sträßchen verschwunden war, an der Abzweigung vorbei.
Zehn Minuten später stoppte Jonnys Vater so abrupt, daß sein verschlafener Sohn über die Rückenlehne des Beifahrersitzes nach vorne purzelte.
»Er hat uns hereingelegt!« schimpfte Bergemaier. »Er kann unmöglich auf dieser Straße sein. Wir hätten ihn sonst schon dreimal überholen müssen.«
Jonny rappelte sich auf. »Und was machen wir jetzt?«
»Die Einsatzzentrale anrufen!«
»Wen?«
»Na, Frau Scheringer in Peppers Salonwagen.«
Herr Bergemaier wendete und fuhr zurück zu Consilius' Lagerplatz. Dort sprang er aus dem Wagen und eilte zu der Telefonzelle. Er wählte und wartete. Nervös trat er von einem Fuß auf den anderen.

»Nun geht doch endlich ran, Leute! Macht schon!« sagte er ein ums andere Mal. Er hängte ein und wählte neu, weil er einen Augenblick lang glaubte, sich beim ersten Mal verwählt zu haben. Aber bei Pepper ging niemand an den Apparat.

Das war auch nicht möglich; denn zu diesem Zeitpunkt hatten Frau Scheringer und Pepper gerade den diensthabenden Oberwärter des städtischen Zoos herausgeklingelt. Mißmutig stapfte der Mann heran. Er war mittelgroß, untersetzt und kam Pepper irgendwie bekannt vor. Doch er konnte sich auch täuschen. Andererseits hatte er ein gutes Gedächtnis für Gesichter. Dieses da war ihm bekannt und doch auch wieder nicht. Pepper schüttelte seinen Kopf, bis die Wunde fast unerträglich schmerzte. Aber auch dann sah er nicht klarer. Offensichtlich hatte die Verletzung doch einen Teil seines Gehirns lahmgelegt. Vielleicht war es auch diese Beruhigungsspritze. Spritze! Da war er beim Thema.
Der Oberwärter starrte die beiden komischen alten Leute an wie Erscheinungen und wußte offensichtlich nicht, ob er laut losbrüllen oder lachen sollte. Er hatte zwar Dienst, aber er schaute sich gerade einen Krimi im Fernsehen an. Normalerweise verliefen die Nächte ruhig im Zoo. Die Tiere schliefen. Und wenn keines krank war oder wenn nicht ein Muttertier Junge erwartete, dann konnte man sich die Zeit einteilen.
»Betäubungspistole«, sagte Pepper.
»Wie bitte?«
»Es geht um eine Betäubungspistole und die dazugehörige Ampulle. Zwei Wachhunde sind damit angeschossen worden. Ein Einbrecher hat sich so die Möglichkeit verschafft, in ein Haus einzudringen.«
Irgendwie kamen ihm seine eigenen Sätze komisch vor. So schrieb man vielleicht einen Bericht, aber man redete nicht so. Pepper ruckte in den Schultern und stemmte das Kreuz durch. Er mußte diesen Nebel vor den Augen und diese unsagbare Müdigkeit, die in seinen Gliedern steckte, überwinden.

»Haben Sie verstanden?« fragte nun Frau Scheringer mit lauter Stimme.
»Kein Wort!«
»Dann erkläre ich es Ihnen noch einmal.«
Die Alte hakte den Oberwärter freundlich unter und machte mit ihm einen kleinen Spaziergang – immer um Pepper herum, der wie angewurzelt dastand und sein Gehirn zermarterte, wo er diesen Mann schon einmal gesehen hatte. Diesen Mann oder einen der ihm sehr ähnlich sah!
Er fing einen Blick des Wärters auf. Es war ein berechnender, böser und wie Pepper meinte, heimtückischer Blick. In diesem Moment sagte der Oberwärter: »Jetzt habe ich kapiert. Kommen Sie mit. Wir können ja mal gemeinsam nachsehen, ob etwas fehlt. Die Sachen sind beim Raubtierhaus, gleich dort drüben.«
Der Oberwärter ging voraus, Frau Scheringer folgte. Pepper blieb noch eine Weile stehen, löste sich dann aber aus seiner Erstarrung und ging den beiden nach.
Der Zoo lag in einem seltsamen Licht. Der Mond stand hinter einer Reihe hoher Glashäuser, in denen die exotischen Vögel untergebracht waren. Das Glas war grün getönt. Und so lag über den fein mit Kies bestreuten Wegen ein seltsamer grüner Schimmer. Um einen flachen Seerosenteich standen Flamingos auf einem Bein, das andere unters Federkleid gezogen. Sie schliefen, und in dem grünen Licht hatten sie eine seltsame Farbe, die Pepper nicht bestimmen konnte. Eine Mischung aus Violett und Türkis, dachte er.
»So, hier herein!« Der Oberwärter öffnete die Tür weit. »Das ist der Vorraum zum Raubtierhaus. Hier bereiten wir das Futter vor. Und dort hinten, sehen Sie den Wandschrank mit der Milchglasscheibe? Dort haben wir die Medikamente und auch die Betäubungsampullen drin.«
»Interessant«, sagte Frau Scheringer.
Hinter einer Wand knurrte ein Löwe, ein zweiter brüllte kurz auf, dann ein dritter.

»Maul halten, Simba!« schrie der Oberwärter ärgerlich.
Sofort wurde es auf der anderen Seite der Wand wieder still.
Irgendwo schlug eine Uhr zweimal.
»Halb zwölf!« murmelte Pepper.
»Dann gehen wir doch mal.«
Frau Scheringer wackelte auf den Glaskasten zu.
Pepper trat nun ganz in den Raum ein.
»Ich muß die Tür zumachen. Vorschrift! Für die Raubtierhäuser gibt es sehr genaue Regeln«, erklärte der Oberwärter.
Er schloß die Tür und ging auf den Glasschrank zu. Seine Arme baumelten lässig neben seinem Körper herunter. Er wippte beim Gehen leicht in den Knien.
»Kasparczek!« sagte Pepper leise.
Mit dem Mann ging eine ungeheuere Veränderung vor sich. Er fuhr herum, sein Blick war voller Haß. Er öffnete den Schrank ohne hinzusehen und griff nach einer Pistole, die auf zwei Haken hing.
»Ein Bruder?« fragte Pepper. »Sie sehen ihm ähnlich, dem Boxer!«
Der Oberwärter schob eine Ampulle von hinten in den Lauf der Pistole und legte ein Eisenplättchen um, mit dem der Lauf verschlossen wurde.
»Ja, ich habe einen Bruder!« antwortete der Oberwärter.
Er hob die Waffe. Pepper starrte wie hypnotisiert auf die große Öffnung der Betäubungspistole.
Kasparczeks Finger krümmte sich um den Abzug.
Frau Scheringer schlug mit aller Kraft zu.
Der Oberwärter schrie auf und hielt sich den Arm. Die Waffe war ihm entglitten und trudelte auf dem glatten Fußboden auf Pepper zu. Der Detektiv bückte sich und ergriff sie.
Kasparczek erkannte, daß er geschlagen war und machte ein paar Schritte zur Seite. Eigentlich sah es so aus, als ob er nur aus der Schußlinie kommen wollte. Plötzlich war er an einer niedrigen, kaum einen Meter hohen Eisentür und zerrte den Riegel zurück.

Die Eisentür schwang so heftig auf, als ob etwas von innen dagegengedrückt hätte. Ein mächtiger Löwenkopf tauchte auf. Das Tier hatte die Oberlippe weit über die kräftigen Zähne zurückgezogen und fauchte leise. Dieses Fauchen klang viel gefährlicher als das Brüllen, das sie vor wenigen Augenblicken gehört hatten.
»Braver Simba!« sagte Kasparczek und grinste.
»Er tut alles, was ich sage. Er ist wie ein Hund.«
Pepper ließ die Pistole sinken und fragte: »Ist er allein da drin?«
»Zur Zeit muß man ihn einzeln halten. Er ist gefährlich. Ein Menschenfresser.«
Pepper lachte leise und erntete dafür einen überraschten Blick des Oberwärters.
»Sie meinen, Sie hätten etwas zu lachen? Bevor die Betäubungspatrone wirkt, hat er Sie in Stücke gerissen. Ich kann nachher behaupten, daß sie unbefugt eingedrungen sind, und ich leider zu spät hinzukam.«
»Das alles, um Ihren Bruder zu retten?«
»Warum nicht? Ich verstehe mich sehr gut mit meinem Bruder.«
»Deshalb haben Sie ihm auch die Pistole ausgeliehen, nicht wahr?«
Kasparczek nickte. »Er und seine Freunde zahlen gut!«
»Und wer sind seine Freunde?«
»Das sage ich Ihnen kurz bevor es zu Ende ist«, grinste der Oberwärter, »auf jeden Fall sind es clevere Leute, die verstehen, ein Geschäft aufzuziehen.«
»Tja, es sind immer die gleichen, die nicht genug bekommen können.«
Pepper lächelte fröhlich.
Der Löwe stand unverändert in der Öffnung. Seine Augen wanderten ruhelos vom einen zum anderen. Er schien auf einen Befehl zu warten.
Pepper war viele Jahre auf einem Forschungsschiff gefahren.

Er hatte die Naturforscher auf ihren Expeditionen in die Urwälder und durch Wüsten begleitet. Er war kein Fachmann für Tiere, aber er hatte ein untrügliches Gespür für sie. Und er liebte Tiere, auch wenn er sich nie hatte dazu entschließen können, selbst eines zu halten.
Jetzt machte er einen kleinen Schritt nach vorne.
Als die gelben Augen der riesigen Raubkatze wieder einmal über ihn strichen, versuchte er, sie festzuhalten. Er verstärkte seinen Blick, beugte sich unmerklich ein wenig vor.
Leise murmelte er: »Na, Simba, alter Junge!«
Der Löwe fuhr mit seinem Kopf hin und her, daß die Mähne aufwirbelte und gab ein leises Knurren von sich. Aber seine Augen kehrten zu Pepper zurück.
»Du hast doch heute schon gefressen«, fuhr Pepper in einem seltsamen Singsang fort, »ein satter Löwe greift nicht an, wenn man ihn nicht bedroht. Und wir bedrohen dich nicht, Simba. Wir sind gute Freunde, Freunde, Freunde!« Er ließ die Worte ganz leise verklingen. Der Löwe legte sich auf den Bauch und begann, seine Vorderpfote zu lecken.
Kasparczek brüllte plötzlich: »Auf, Simba, faß zu!«
Der Löwe leckte weiter seine Pfote.
»Das gibt es doch nicht!« schrie Kasparczek.
Pepper hielt noch immer die Betäubungspistole in der Hand und hob sie jetzt leicht.
»Wenn Sie noch einen Ton zu dem Löwen sagen, jage ich Ihnen diese Ampulle in den Leib, daß das klar ist!«
Kasparczek ging einen Schritt zurück.
Nur Frau Scheringer bemerkte, daß Pepper einem Zusammenbruch nahe war. Er atmete kurz und schnell, Schweiß perlte auf seiner Stirn, und er mußte alle Kraft zusammennehmen, um die Pistole ruhig halten zu können.
»Na, du blöde Miezekatze, nun mach mal 'ne Fliege und verschwinde wieder in dein Körbchen«, sagte die Alte.
Der Löwe hob den Kopf und schnurrte so laut, daß es wie das Brummen eines gut geölten Vierzylindermotors klang.

»Geh zurück!« befahl Kasparczek dem Löwen.
Das Tier regte sich nicht.
Plötzlich ertönte Peppers schneidende Stimme: »A Place!«
Der Löwe erhob sich ein wenig und schob seinen massigen Körper rückwärts in seinen Käfig zurück. Frau Scheringer schlug die Eisentür zu und schob den Riegel vor.
»Der kann ja Französisch!« rief sie voller Verwunderung.
Pepper lächelte. »Fast alle Kommandos im Zirkus sind französisch und die Zoos haben das häufig übernommen.«
Er stützte sich an der Wand ab und schwankte ein wenig. Sofort machte Kasparczek ein paar Schritte auf ihn zu. Aber Pepper fing sich wieder und richtete die Pistole auf Kasparczeks Brust. Der Oberwärter erstarrte in seiner Bewegung.
Draußen klopfte es. »Wer ist denn da drin?« rief eine tiefe Stimme.
Pepper öffnete die Tür. Im grünen Licht, das von den Glashäusern herüberfiel, stand ein Mann in einem Morgenrock.
»Herr Direktor!« rief Kasparczek überrascht.
»Irgend so ein wildgewordener Taxifahrer hat mich herausgeklingelt«, schimpfte der Chef des Zoos.
»Ein Glück«, meinte Pepper, »rufen Sie die Polizei!«
»Was soll denn der Quatsch?« fuhr der Direktor auf.
»Herr Kasparczek ist in ein übles Verbrechen verwickelt. Ich bin Paul Pepper, Privatdetektiv.« Er kramte seine Karte heraus. »Und die Dame dort ist meine Assistentin, Frau Scheringer. Sie haben sicher von dem Giftmüllskandal gehört?«
»Und ob! Ein Riesenskandal ist das!«
»Eben. Und Ihr Herr Kasparczek steckt da leider mit drin. Über seinen Bruder.«
»Den Boxer?«
»Genau!«
»Ja, der treibt sich ein bißchen viel hier herum. Er hat sogar mal eine Zeitlang hier gewohnt. Und so etwas dulde ich nicht. Die Unterkünfte sind ausschließlich für die Bediensteten des Zoologischen Gartens.«

»Sehr vernünftig«, ließ sich Frau Scheringer hören.
Sie stieg vorsichtig aus dem Raubtierhaus hinaus und nahm dankbar den Arm, den ihr der Taxifahrer anbot.
»Wollen Sie Schwierigkeiten machen, Kasparczek?« fragte der Direktor streng.
»Nein. Aber ich habe wirklich nichts mit dieser Giftmüllgeschichte zu tun. Ich habe nur...« er unterbrach sich.
»Seinen Bruder mit Betäubungsampullen versorgt«, vollendete Pepper.
»Aber mein Bruder ist doch auch nur ein Mitläufer!« sagte der Oberwärter.
»Das wird sich herausstellen«, meinte Pepper.
Der Chef des Zoos ergriff nun das Wort: »Ich übernehme das. Ich benachrichtige die Polizei. Sie sehen angeschlagen aus, Herr Pepper, und Ihre Verbände deuten darauf hin, daß Sie verletzt sind. Da, schauen Sie, das Blut sickert durch. Wir haben einen Tierarzt hier...«
»Ich gehe ja schon«, sagte Pepper schnell und drückte dem Direktor die Pistole in die Hand.
»Na dann, auf geht's!« kommandierte der Mann im Morgenrock und führte seinen Oberwärter ab, indem er ihn mit der Pistole vor sich hertrieb.
»Sie werden erst einmal bei mir ein Geständnis ablegen«, sagte der Direktor, »dann sehen wir weiter!«
Frau Scheringer, der Taxifahrer und Pepper strebten dem kleinen Seiteneingang zu, durch den sie hereingekommen waren.
»Wo geht es jetzt hin?« fragte der Taxichauffeur.
»So schnell wie möglich in die *Grüne Idylle*«, rief Frau Scheringer, »bestimmt versuchen die anderen schon eine Weile, uns zu erreichen.«
Sie wußte gar nicht, wie recht sie hatte!

Eine Falle in der Nacht

»Na endlich!« tönte Herrn Bergemaiers Stimme aus dem Telefonhörer. Schon als Pepper und die Alte durch den Garten gekommen waren, hatten sie das Klingeln des Telefons gehört. Jetzt hielt Frau Scheringer den Hörer in der Hand.
»Seit fast einer halben Stunde versuche ich, Sie zu erreichen«, schimpfte Bergemaier, »eine schlechte Organisation ist das!«
»Nun mal langsam«, entgegnete die Alte, »wir haben inzwischen wichtiges Beweismaterial ermittelt.«
Doch Bergemaier schien nicht zuzuhören.
»Hat sich Pit vielleicht bei Ihnen gemeldet oder Feuervogel?«
»Wir kommen doch gerade zurück«, antwortete die Alte.
»Hören Sie, ich habe den Lastwagen aus den Augen verloren. Pit hat sich auf die Ladefläche geschlichen – ohne meine Einwilligung übrigens, darauf lege ich Wert! Feuervogel ist dem Lastwagen gefolgt, aber ich habe auch das Motorrad aus den Augen verloren.«
Frau Scheringer hatte alles notiert. Pepper sah ihr über die Schulter. Jetzt sagte er: »Am besten kommt er wieder hierher.«
»Hören Sie, Herr Bergemaier, PP meint, Sie sollten wieder zurückkommen.«
»Dann wäre ja der ganze Einsatz umsonst gewesen.«
»Tja«, machte die Alte, mehr fiel ihr dazu auch nicht ein.
»Na gut«, antwortete Bergemaier, »wir sind in einer Viertelstunde bei Ihnen.«

Der Lastwagen fuhr zügig durch den Wald. Pfefferkorn pfiff leise vor sich hin. Die Fahrbahn wurde zusehends besser und Pit wurde auf der Ladefläche nicht mehr hin- und hergeschleudert. Er streckte die Beine vorsichtig aus und lehnte den Kopf gegen die leicht flatternde Plane. ›Nur nicht einschlafen‹, dachte er bei sich. Seine Augenlider waren bleischwer.
Pit hatte keine Ahnung, wie es weitergehen sollte. Er wußte nicht, ob Herr Bergemaier den Anschluß gefunden hatte, oder

ob es Feuervogel gelungen war, dranzubleiben. Möglicherweise war er jetzt ganz auf sich alleine gestellt, und das verursachte ihm Beklemmungen.

Als er auf die Ladefläche aufgesprungen war, hatte er nicht erst lange nachgedacht. Es war eine spontane Reaktion gewesen. Pit hätte gerne die Plane angehoben, um Ausschau zu halten. Aber er wußte, daß jede Bewegung den Fahrer auf ihn aufmerksam machen konnte. Anfänglich hatte der Junge noch versucht, sich die Kurven zu merken, die der Lastwagen gefahren war, aber er war schon bald durcheinander gekommen. Jetzt beschäftigte er sich in Gedanken mit der Frage, ob so etwas überhaupt möglich war, daß sich jemand eine Strecke einprägen konnte, ohne sie zu sehen.

Er kam zu keinem Ergebnis. Der Lastwagen hielt kurz an und bog dann offensichtlich in eine befahrene Straße ein, denn Pit hörte nun den Lärm von gelegentlich vorbeifahrenden Autos. Soviel konnte er sich immerhin jetzt zusammenreimen, daß Pfefferkorn den Waldweg nur als Verbindung zwischen zwei großen Straßen benutzt hatte.

Der schwere Lastwagen lief jetzt gleichmäßig ruhig, Kurven nahm Pit kaum mehr wahr. Vielleicht waren sie auch auf einem Autobahnstück. Das gleichmäßige Brummen machte den Jungen noch schläfriger. Immer wieder fielen ihm die Augen zu.

Vater und Sohn Bergemaier saßen derweil etwas unschlüssig im Auto. Vor ihnen lag der menschenleere Lagerplatz. Herr Bergemaier zündete sich nervös eine Zigarette an. Wenn er zu Pepper fuhr, konnte er auch gleich nach Hause fahren.

Plötzlich richtete er sich auf. Er drückte die Zigarette im Aschenbecher aus, obwohl er erst zwei oder drei Züge gemacht hatte.

»Was ist denn?« fragte Jonny.

»Da kommt ein Auto.«

»Na und?«

»Du kannst fragen! Es ist schon nach Mitternacht!«

Herr Bergemaier stieg aus und ging zur Telefonzelle hinüber. Er hob ab und wählte Peppers Nummer. Diesmal war der Detektiv selbst dran. Frau Scheringer war in die Küche gegangen, um noch einmal Tee zu kochen.
»Da ist gerade ein PKW gekommen«, berichtet Bergemaier, nachdem er sich gemeldet hatte. »Moment, jetzt steigt jemand aus. Ein dicker Mann, ziemlich schwerfällig in seinen Bewegungen.«
Jonny kam zu der Zelle und öffnete die Tür einen Spalt. »Es ist Consilius«, flüsterte er.
»Jonny sagt gerade, es sei Consilius. Er geht zu einem Schuppen... Moment, ich habe ihn aus den Augen verloren. Ja, jetzt sehe ich ihn wieder. Er öffnet das Tor des größten Schuppens. Da steht ein Lastwagen drin. Sieht aus, als ob er beladen wäre. Der Mann steigt, nein, wuchtet sich ins Führerhaus. Er wiegt mindestens zweieinhalb Zentner. Jetzt startet er den Lastwagen. Er schaltet die Scheinwerfer an. Was hat er denn geladen, kannst du es erkennen, Jonny?« rief Bergemaier zwischendurch seinem Sohn zu.
»Fässer« antwortete der Junge.
Bergemaier gab es an Pepper weiter.
»Das paßt alles irgendwie nicht zusammen«, sagte der Detektiv nachdenklich. »Können Sie ihm folgen?«
»Diesmal bleibe ich bestimmt dran!« entgegnete Bergemaier und legte auf.
Consilius stieg aus dem Führerhaus, nachdem er den Lastwagen aus dem Schuppen herausmanövriert hatte. Dann stellte er seine Limousine in den Schuppen, schloß das Tor sorgfältig zu und kletterte wieder hinter das Lenkrad des Lastwagens.
Anders als Pfefferkorn, nahm er den Weg durch das Haupttor und fuhr auf den Bahnübergang zu. Bergemaier blieb dicht hinter ihm.

Pit kam zu sich. Er hatte fest geschlafen. Der Lastwagen stoppte und Pfefferkorn sprang aus dem Führerhaus. Vorsich-

tig robbte Pit über die Ladefläche zur hinteren Klappe. Er hob die Plane ein wenig an.
Der Lastwagen stand auf einem Bauernhof und tuckerte im Leerlauf vor sich hin. Pit sah, daß Pfefferkorn auf eine Scheune zuging, die etwa dreißig Meter hinter dem Wohnhaus stand. Zweimal pfiff Pfefferkorn durch die Finger. Ein Licht flammte auf und das Tor zur Scheune öffnete sich mit einem leisen, knarrenden Ton. Ein Mann trat in den Lichtkreis unter der Lampe. Der Beschreibung nach mußte das Kasparczek sein.
›Jetzt oder nie‹, dachte Pit. Er schob die Plane hoch und sprang über den hinteren Schlag. Der Hof war mit Kies ausgestreut. Es gab ein knirschendes Geräusch, als der Junge auf der Erde landete. Die beiden Männer fuhren mit den Köpfen herum. Pit sah, wie Pfefferkorn zu rennen begann. Außerdem nahm er wahr, wie der andere eine Waffe aus dem Gürtel zog. Pit rannte um den Lastwagen herum und lief zunächst auf das Bauernhaus zu. Dann schlug er einen Haken. Ein schmales, kerzengerades Sträßchen führte direkt auf einen Waldrand zu. Bis dorthin waren es gut hundert Meter. Pit war kein Sprinter. Er galt zwar als guter Langstreckenläufer, aber auf kurze Distanzen war er langsam. Er hörte Schritte hinter sich und Rufe. »Stehenbleiben!« brüllte Pfefferkorn, »oder es passiert etwas!«
Es passierte tatsächlich etwas. Vom Waldrand her hörte Pit einen Motor. Plötzlich war ein Lichtkegel da. Ein Motorrad bewegte sich auf ihn zu. Pit atmete erleichtert durch und beschleunigte seinen Lauf noch ein wenig. Das Motorrad schoß an ihm vorbei. Dann wurde heruntergeschaltet. Die Maschine stoppte, nachdem Feuervogel sie direkt vor Pfefferkorn quergestellt hatte.
»Entschuldigen Sie«, sagte Feuervogel rasch.
Pfefferkorn musterte den Mann und die Frau auf dem Motorrad mißtrauisch.
»Wo wollen Sie denn hin?«
Feuervogel antwortete nicht auf die Frage, sondern sagte: »Da ist einer Richtung Wald gelaufen!«

»Kann sein«, meinte Pfefferkorn unbestimmt.
Nun war auch der andere Mann herangekommen.
»Was ist denn los?« fragte er.
Frau Küster meldete sich: »Wir haben uns verfahren, wir sind von der großen Straße abgekommen. Wissen Sie, ob man hier irgendwo übernachten kann?«
»Ne!« antwortete Pfefferkorn.
»Vielleicht in dem Bauernhof dort, wir können ja mal fragen.«
Der Mann mit dem Boxergesicht schaltete sich ein: »Das geht nicht! Ich wohne da und zwar allein!«
»Tja«, machte Feuervogel und zog seinen Sturzhelm vom Kopf.
»Tja«, sagte auch Pfefferkorn. Er war ratlos. Der andere Mann sah auf seine Armbanduhr und meinte schließlich: »Ich muß noch etwas tun. Am besten, Sie kehren um, fahren vier Kilometer die Straße zurück und biegen dann nach Engstingen ab. Dort gibt es einen Gasthof.«
Er wandte sich abrupt ab und stapfte auf die Scheune zu. »Na dann«, sagte Pfefferkorn, »gute Fahrt auch.«
»Ihnen auch!« antwortete Feuervogel und stülpte den Helm wieder über.
Pfefferkorn drehte sich noch einmal um und sah den Motorradfahrer scharf an. »Wie meinen Sie das?«
»Was denn?«
»Sie haben mir gerade auch eine ›gute Fahrt‹ gewünscht.«
Feuervogel winkte ab. »Das ist nur so eine Gewohnheit.«
Er startete seine schwere Maschine und wendete langsam.
Pit war ein paar Meter in den Wald hineingelaufen und hatte dann einen großen Bogen geschlagen. Jetzt näherte er sich von hinten der Scheune. Er kam fast gleichzeitig mit den beiden Männern dort an.
»Mach mal das Tor ganz auf, Kasparczek«, hörte er Pfefferkorn sagen.
»Wie kam denn der Kerl auf deine Ladefläche?« Kasparczek schien äußerst beunruhigt zu sein.

»Vielleicht hat der Boß einen auf mich angesetzt, weil er meint, daß ich krumme Dinger drehe!«
»Und? Machst du das?«
»Was ist denn nun mit dem Tor? Wir haben sowieso schon eine Menge Zeit verloren!«
Pit hörte, wie das Tor in den Angeln quietschte. Dann wurde der Lastwagen, der die ganze Zeit im Leerlauf weitertuckerte, in die Scheune gefahren. Das Tor schloß sich wieder.
Pit lag im tiefen Gras an der Rückwand der Scheune. Er konnte zwar durch ein paar Ritzen im Holz Licht sehen, aber nirgendwo in erreichbarer Nähe war eine so große Öffnung, daß er hindurchsehen konnte. So war er auf das angewiesen, was er hörte.
Ganz eindeutig vernahm er Ladegeräusche. Er kannte das schon von Consilius' Lagerplatz her. Mit einem Kran wurden schwere Fässer auf die Ladefläche gebracht. Die beiden Männer in der Scheune redeten wenig. Und manchmal wurden ihre Worte auch von den Ladegeräuschen überdeckt.
»Weißt du schon, wo du es hinbringst?« hörte er zum Beispiel Kasparczek sagen, aber die Antwort Pfefferkorns drang nicht bis zu ihm.
Später sagte Pfefferkorn: »Wie geht's denn bei dir weiter, Kasparczek?«
»Weiß noch nicht genau«, antwortete der Exboxer, »vielleicht gehe ich für ein paar Jahre ins Ausland.«
»Man kann dir doch nichts beweisen.«
»Das hängt immer davon ab, was passiert. Ein Fingerzeig vom Boß genügt und die haben mich am Kanthaken.«
»Du glaubst, er könnte dich auffliegen lassen?«
»Klar, der opfert mich doch, ohne mit der Wimper zu zucken!«
»Aber du würdest ihn doch unweigerlich mit hineinziehen«, erwiderte Pfefferkorn.
»Einen Mann, den ich nicht kenne?« Kasparczek lachte, »der ist zu clever.«
Pfefferkorn schien von dieser Antwort sehr überrascht zu sein.

»Was heißt denn das? Kennst du den Chef wirklich nicht?«
»Nein!«
»Aber ich dachte, Hahnisch ist der Boß!«
Kasparczek lachte laut: »Der zappelt doch genauso an den Fäden wie du und ich.«
Offensichtlich hatten sie ihre Arbeit beendet oder unterbrochen, denn jetzt wurde das Gespräch durch keine Nebengeräusche gestört.
Kasparczek fuhr fort: »Nun, wenn du wolltest, könntest du doch relativ leicht herausbekommen wer dahintersteckt!«
»Ich bin immer sehr gut damit gefahren, nicht mehr wissen zu wollen, als man mir erzählt hat. Neugierde kann tödlich sein, mein Lieber. Und in diesem Geschäft wird nicht lange gezögert. Ich mache meinen Job, verdiene gut dabei und im übrigen gilt, daß ich nichts sehe, nichts höre und nichts sage. Los, wir packen die paar Fässer noch.«
Die Ladegeräusche setzten wieder ein und übertönten, was weiter gesprochen wurde.

Feuervogel war mit seinem Motorrad ein Stück in den Wald hineingefahren und hatte nach Pit gerufen. Aber der Junge antwortete nicht.
»Er muß doch hier sein!« sagte Frau Küster mit zitternder Stimme. Die Angst um ihren Jungen schnürte ihr die Kehle zu.
»Vielleicht schleicht er sich wieder an!« meinte Feuervogel.
»Um Gottes willen, das wird er doch nicht tun.«
»Pit ist vorsichtig!« erwiderte Feuervogel, »dem passiert nichts.«
»Vorsichtig? Nennen Sie das vorsichtig, wenn er einfach auf diesen Lastwagen aufspringt?«
»Nein, das war nicht besonders klug«, gab Feuervogel zu, »aber um so umsichtiger wird er jetzt vorgehen.«
»Und was sollen wir tun? Ich kann doch nicht hier im Wald herumstehen und hoffen, daß mein Sohn keinen Unsinn macht!«
»Wir fahren schnell ins nächste Dorf und rufen Pepper an!«

»Nein, ich bleibe hier!« entgegnete Frau Küster.
»Gut, dann fahre ich eben alleine.«
»Und Pit?«
»Wir müssen warten, bis er sich wieder meldet.«
Frau Küster stand unschlüssig auf dem schmalen Sträßchen. Der Wind rauschte leise in den Wipfeln. Ein Käuzchen schrie tief im Wald und irgendwo, nicht weit von ihnen, schimpfte ein Häher.
»Kommen Sie doch mit, wir sind in fünf Minuten wieder hier!« bat Feuervogel Frau Küster.
Frau Küster rief noch ein paarmal nach Pit. Als sie keine Antwort bekam, stieg sie doch wieder auf das Motorrad.

Frau Scheringer war erleichtert, als sich Feuervogel am Telefon meldete. Er gab in kurzen Sätzen die Position durch und erzählte, was vorgefallen war. Die Alte berichtete ihm von Bergemaiers Anruf. Feuervogel beendete das Gespräch mit dem Satz: »Wir bleiben bei dem Gehöft, bis wir Pit aufgetrieben haben.«
Pepper stand sofort auf, als Frau Scheringer ihren Bericht gegeben hatte und suchte eine Straßenkarte. Er tippte mit dem Zeigefinger auf einen Punkt und sagte: »Da muß dieser Bauernhof sein!«
Er folgte mit dem Finger dem Verlauf einer Straße.
»Etwa dreißig Kilometer von hier entfernt.«
Er ging zum Telefon und wählte.
»Wen rufen Sie denn an?« fragte die Alte.
»Rübezahl. Das ist keine Sache mehr für uns alleine.«
Rübenach meldete sich mit verschlafener Stimme.
»Ja, hier Rübenach!«
»Pepper!«
»Sind Sie wahnsinnig?«
Pepper antwortete nicht darauf, sondern gab in präzisen kurzen Sätzen einen zusammenfassenden Bericht. »Sie können also die Bande fassen, wenn Sie gleich ein paar Leute zu diesem Ge-

höft hinausschicken. Ich vermute, daß Sie dort auch auf Otto Kasparczek, den Exboxer, treffen. Zumindest paßt die Beschreibung auf ihn!«
»Also gut«, antwortete Rübenach. »... und ... ähh ... ääh danke schön!«
Pepper legte auf und sagte zu Frau Scheringer: »Er hat sich bedankt, stellen Sie sich das vor!«

»Okay, fertig. Die Dinger sind festgezurrt!« hörte Pit Kasparczek rufen.
»Fast termingerecht. Nur zehn Minuten Verspätung!« fügte Pfefferkorn hinzu.
Er klatschte in die Hände.
»Wir fahren dann gleich!«
»Wir?« fragte Kasparczek überrascht.
»Ja, Befehl vom Chef. Du sollst mich begleiten.«
»Das hat es doch noch nie gegeben!«
Pfefferkorn lachte. »Es gibt immer ein erstes Mal!«
»Ich traue dir nicht!« entgegnete Kasparczek.
»Hier ist die Anweisung!« Pfefferkorn zeigte ein Schreiben.
Kasparczek brummte: »Das gefällt mir nicht. So einen Wisch kann jeder schreiben.«
»Mach was du willst«, gab Pfefferkorn zurück, »ich hab' es zumindest ausgerichtet. Wenn du dich mit dem großen Boß anlegen willst, ist das deine Angelegenheit.«
Die Fahrertür wurde zugeschlagen. Der Motor heulte auf. Kasparczek öffnete das Tor, und das Licht der Scheinwerfer fiel auf den Hof.
Feuervogel stand neben Pits Mutter am Waldrand. Das Motorrad hatte er in ein dichtes Gebüsch geschoben. Jetzt konnten sie beobachten, wie der Lastwagen aus der Scheune rollte.
»Verdammt«, entfuhr es Feuervogel, »die entwischen uns, bevor die Polizei eintrifft.«
»Wenn ich nur wüßte, was mit Pit ist!« sagte Frau Küster nun schon bestimmt zum hundertsten Mal.

Kasparczek schloß das Tor der Scheune und ging zum Hof hinüber. Der Lastwagen stand mit laufendem Motor da. Pfefferkorn war hinter dem Steuer zu erkennen. Er hatte die Innenbeleuchtung angeschaltet und studierte die Karte.
»Sie haben Pit nicht entdeckt, soviel steht fest!« konstatierte Feuervogel.
»Hoffentlich haben Sie recht«, antwortete Frau Küster leise.
Pfefferkorn hupte. Offensichtlich dauerte es ihm zu lange, bis Kasparczek wieder erschien. Endlich kam der Exboxer aus dem Haus. Er trug einen schweren Seesack über der Schulter. Sorgfältig verriegelte er die Tür und ging ohne Hast auf das Führerhaus des Lastwagens zu.
»Man müßte sie aufhalten«, meinte Feuervogel.
»Das ist doch nicht unsere Sache. Wir müssen Pit finden.«
»Nicht nötig«, tönte es dicht hinter ihnen. Frau Küster zuckte zusammen, Feuervogel fuhr herum.
»Da bist du ja!« sagte er schlicht.
Pit trat hinter einem Baum hervor. Er war noch außer Atem, denn er hatte den Weg zwischen der Scheune und dem Waldrand gebückt, und so schnell ihn seine Füße trugen, zurückgelegt.
Krachend wurde drüben auf dem Hof der erste Gang eingelegt.
»Die hauen ab!« zischte Pit.
»Na ja, weit werden sie nicht kommen«, meinte Feuervogel.
»Kasparczek will ins Ausland«, entgegnete Pit, »ich habe es gehört. Das scheint die letzte Fuhre zu sein, die sie machen.«
»Ach, deshalb hat er den schweren Seesack mit herausgebracht«, bemerkte Feuervogel.
Pfefferkorn lenkte den Lastwagen auf die kleine Zufahrtstraße. Er griff nach dem Mikrophon seines Funkgerätes und schaltete es ein.
»Wir sind jetzt soweit!« meldete er.
Ein Rauschen und Knacken drang aus dem Lautsprecher. Schließlich war eine verzerrte Stimme zu hören: »Vierzehn Minuten zu spät!«

»Ließ sich nicht vermeiden«, antwortete Pfefferkorn gelassen.
»Probleme?« fragte die Stimme.
Pfefferkorn überlegte einen Augenblick, sagte dann aber obenhin: »Nein, keinerlei Probleme. Uns war nur die Ladung verrutscht, da mußten wir noch mal von vorne anfangen.«
»Das Geld liegt für euch bereit. Eure Mitarbeit ist beendet«, rauschte es aus dem Lautsprecher.
Kasparczek nahm Pfefferkorn das Mikrophon aus der Hand. »Sagen Sie uns zum Abschied nicht noch, wer Sie sind?«
»Ende!« ließ sich die Stimme hören, dann ein Knacken, die Verbindung war unterbrochen.
Pfefferkorn beschleunigte.
Der Laster kam nun auf Pit, seine Mutter und Feuervogel zu.
»Soll ich ihm folgen?« fragte Feuervogel.
»Wir wissen ja, wer sie sind und wie man sie findet«, sagte Frau Küster, »genügt das nicht?«
Überraschend hielt der Lastwagen. Das Licht in der Fahrerkabine flammte auf. Pfefferkorn und Kasparczek redeten aufeinander ein. Sie gestikulierten wild. Plötzlich wurde die Beifahrertür aufgestoßen, der Seesack fiel heraus, dann folgte Kasparczek mit einem eleganten Satz. »Nicht mit mir«, rief er, »das sieht verdammt nach einer Falle aus.« Er schlug die Tür zu, lud sich den Seesack auf die Schulter und machte Pfefferkorn ein Zeichen, das bedeuten sollte: ›Sieh zu, daß du verschwindest!‹
Der Fahrer zuckte die Achseln, legte den ersten Gang ein und fuhr wieder an.
»Nicht mit mir!« schrie Kasparczek dem davonfahrenden Lastwagen nach. Er drehte sich um und ging in Richtung auf das Gehöft zurück. Er war noch keine dreißig Meter gegangen, als der Lastwagen zurückzukommen schien. Das tiefe Brummen des Motors näherte sich schnell.
»Er kommt wieder«, sagte Feuervogel.
Pit schüttelte den Kopf. »Das ist ein anderes Fahrzeug.«
»Meinst du wirklich?«

Doch nun erkannte es auch Feuervogel. Die Lichtkeile von zwei Scheinwerfern tauchten auf. Feuervogel, Frau Küster und Pit gingen tiefer in den Wald hinein. Draußen auf dem Sträßchen fuhr ein Lastwagen vorbei. Pit sprang sofort vor und über den Straßengraben.
Natürlich hatte auch Kasparczek den Wagen kommen hören. Er trat zur Seite und blickte ihm entgegen. Aber der Lastwagen schien nicht anzuhalten. Mit hoher Geschwindigkeit hielt er auf Kasparczek zu. Erst in letzter Minute begriff der, daß dies ein Anschlag auf ihn war. Mit einem Sprung zur Seite rettete er sich gerade noch vor der mächtigen Stoßstange. Der Fahrer des Lastwagens hatte zwar noch versucht, den flüchtenden Kasparczek zu treffen, in dem er einen leichten Lenkausschlag nach rechts machte, aber das war um wenige Zentimeter zu viel gewesen. Das rechte Vorderrad geriet über die Fahrbahn hinaus, rutschte in den Graben, wurde geradezu hineingezwungen, wühlte sich fest. Der Lastwagen machte eine seltsame Bewegung. Er bohrte sich in den angrenzenden Wiesenrain. Die Hinterräder stiegen in die Höhe. Die nur lose verladenen Fässer gerieten ins Rutschen, schoben sich übereinander, zwei sprangen über das Dach des Führerhauses hinaus und rollten auf die angrenzende Wiese. Ein Scheinwerfer war erloschen, den anderen hatte es so verdreht, daß er sein Licht steil nach oben strahlte. Es fiel auf Kasparczek, der auf dem oberen Rand der Böschung stand und eine Waffe in der Hand hielt.
Pit und Feuervogel näherten sich im Schutz der Dunkelheit. Die Fahrertür wurde von innen aufgestoßen. Ein leises Ächzen war zu hören.
»Kommen Sie ruhig heraus!« schrie Kasparczek.
Pit schlug einen Bogen und näherte sich von hinten über die Wiese dem bewaffneten Mann. Frau Küster blieb stehen. Sie schlug vor Entsetzen die Hand vor den Mund. Feuervogel schlich auf der Böschung entlang.
»Ich will Ihr Gesicht sehen!« rief Kasparczek zu dem Führerhaus hinunter.

Vom Wald her näherte sich ein Personenwagen. Pit warf einen Blick hinüber. Überrascht riß er die Augen auf. Es war das Auto von Herrn Bergemaier. Der Reporter hielt dicht hinter dem umgestürzten Lastwagen an und stieg aus. Vorsichtig drückte er die Tür zu.

»Verschwinden Sie!« bellte Kasparczek.

Bergemaier sah zu ihm hinauf. »Guten Abend, oder besser guten Morgen. Was ist denn hier geschehen?«

»Hauen Sie ab, Mann!« schrie Kasparczek.

»Das ist eine öffentliche Straße!«

Bergemaier trat an das Führerhaus heran. Ein Schuß peitschte. Bergemaier hob den Kopf ein wenig und rief zu Kasparczek hinauf: »Hören Sie auf damit! Ich habe Ihnen doch nichts getan. Und wenn wir uns nicht um Consilius kümmern, verblutet er womöglich da drin.«

»Consilius?« stieß Kasparczek völlig verblüfft aus.

Er näherte sich vorsichtig dem Führerhaus. Der dicke Transportunternehmer war hinter dem Steuerrad eingeklemmt. Herr Bergemaier stieg auf das Trittbrett, faßte zwischen Lenkrad und Armaturenbrett hindurch und schaltete die Zündung ab.

»Was fehlt Ihnen?« erkundigte sich Herr Bergemaier.

»Wer sind Sie?« fragte Consilius keuchend zurück.

»Mein Name ist Bergemaier. Mein Sohn arbeitet zur Zeit bei Ihnen. Ich bin Ihnen gefolgt, weil ich wissen wollte, wo Sie die Giftmüllfässer hinbringen.«

»Giftmüllfässer?«

»Ja, die Tonnen, die Sie geladen haben!«

»Das sind keine Giftmüllfässer. Der Inhalt ist absolut ungiftig, guter Mann.«

Consilius versuchte, seinen massigen Leib unter dem Lenkrad hervorzuschieben. Kasparczek war – die Waffe noch immer in der Hand – neben Bergemaier getreten.

»Was ist in den Fässern?« fragte er scharf.

»Leinsamenöl!«

»Was?«

»Ja, das läßt sich leicht überprüfen.«
»Und was war in den Fässern, die ich in der Scheune hatte?« schrie Kasparczek.
Consilius arbeitete nun schwer, um freizukommen. Er ruckte und schob, packte mit beiden Händen den Türrahmen und zog sich so Millimeter um Millimeter unter dem Lenkrad hervor. Schließlich war er frei und Pit, der das Ganze aus sicherer Entfernung verfolgte, wunderte sich, daß es nicht Pflop gemacht hatte, wie bei einem Korken, den man aus der Flasche zieht.
»Was war in den anderen Fässern?« beharrte Kasparczek.
»Müssen wir jetzt darüber reden?« fragte Consilius sanft. Aber seine Augen straften ihn Lügen. Wenn Blicke töten könnten, hätte Kasparczek längst als Leiche auf der Straße gelegen.
»Wir bereden dieses Problem später!« sagte Consilius.
Bergemaier lehnte sich gegen den Kotflügel.
»Wenn nun die Polizei morgen früh gekommen wäre und das Gehöft durchsucht hätte, was hätte sie gefunden? Leinsamenöl!«
»Warum sollte die Polizei kommen?« fragte Consilius und zerrte an seinem zerknautschten Anzug herum.
»Das werden wir gleich erfahren. Meines Wissens ist sie auf dem Weg hierher«, antwortete Bergemaier.
Der Satz schlug ein wie eine Bombe. Kasparczek war Sekunden später schon die Böschung hinaufgestürmt und in die Nacht hineingelaufen. Allerdings stolperte er plötzlich und fiel flach ins taufeuchte Gras. Seine Pistole fiel ihm dabei aus der Hand. Feuervogel, der ihm gefolgt war, bückte sich nach der Waffe und sagte zu Pit, der nur zwei Meter entfernt stand. »Sauber gemacht, mein Junge. Im Fußball wäre das jedoch ein grobes Foul gewesen.«
»Ich spiele nicht Fußball«, antwortete Pit.
»Wer treibt sich hier eigentlich noch herum?« rief Herr Bergemaier.
Da stand plötzlich Frau Küster neben ihm – wie aus dem Boden gewachsen. »Wir sind fast komplett«, sagte sie.

Consilius stand unverändert neben der Fahrertür. Seine Hände und Lippen zitterten, als würde er frieren. Sein Gesicht wirkte bleich in dem diffusen Licht, das noch immer von dem einen Scheinwerfer kam.

»Warum soll denn die Polizei kommen?« fragte er Bergemaier.

Aber Jonnys Vater wurde einer Antwort enthoben. Flackerndes blaues Licht tauchte in der Dunkelheit auf. Polizeisirenen waren zu hören.

»Die schleichen sich an wie die Indianer«, sagte Feuervogel vom Böschungsrand herab. Er hielt Kasparczek am Arm fest und drückte ihm die Pistole sehr nachdrücklich ins Kreuz.

Der erste Polizeiwagen hielt. Rübenach sprang heraus.

»Nun?« fuhr er Bergemaier an.

Jonnys Vater sah nach hinten, als ob nicht er gemeint gewesen wäre, sondern allenfalls jemand, der hinter ihm stand. Aber da war nur die offenstehende Fahrertür.

»Wie kommen Sie hierher, Herr Consilius?« wandte sich Rübenach nun an den Transportunternehmer.

»Ich hatte noch eine Ladung Fässer auszulagern.«

Rübenach stapfte um das Auto herum, beugte sich über eines der Fässer, die herabgestürzt waren, zog eine Taschenlampe hervor und leuchtete das Faß ab. Jetzt ging er in die Hocke, um einen aufgeklebten Zettel zu entziffern. »Leinsamenöl«. Er spuckte in hohem Bogen aus und hätte dabei beinahe Pit getroffen, der jetzt über die Böschung herunterkam. Gleich darauf folgte Feuervogel mit Kasparczek.

»Schöne Versammlung!« meinte Rübenach. »Wenn mir nun noch einer sagen könnte, was hier gespielt wird!«

Pit meldete sich zu Wort: »Vor gut vierzig Minuten ist Pfefferkorn mit einer Ladung Fässer, die er drüben in der Scheune geholt hat, verschwunden. Kasparczek sollte mitfahren, hat sich dann aber geweigert. Er ist wieder ausgestiegen und wollte zurück zum Hof. Da kam plötzlich Herr Consilius mit dem Lastwagen angefahren und hätte Kasparczek um ein Haar überfahren...«

»Absichtlich?« bellte Rübenach.
»Für mich sah es zumindest so aus«, antwortete Pit vorsichtig. Rübenach nickte und kratzte sich hinter dem rechten Ohr.
»Anständiger Bericht. Allmählich kann ich mir ein Bild machen. – Warum wollten Sie die einen Fässer weg- und die anderen hertransportieren?« fragte er jetzt Consilius.
»Das kann ich alles erklären.«
»Na, dann tun Sie es doch!«
»Hier?«
»Dieser Platz ist so gut wie jeder andere.«
Plötzlich rauschte das Funkgerät im Führerhaus des Lastwagens. Dann hörte man eine Stimme: »Hallo, Boß!«
Consilius wollte nach dem Mikrophon greifen, aber Rübenach kam ihm zuvor.
»Ich höre«, sagte er knapp.
»Ich glaube, ich werde von Bullen verfolgt!«
Rübenach grinste breit. Dann fragte er ernst: »Sind Sie da sicher?«
»Ziemlich!«
»Wo sind Sie jetzt?« erkundigte sich Rübenach.
»Schon fast am Bergener Wald!«
»Genauer!«
»Zwischen Haching und Schmelzing. Ich habe noch zwei oder drei Kilometer bis zur Abbiegung.«
Rübenach machte einem seiner Mitarbeiter ein Zeichen. Der eilte sofort zu einem der Polizeiwagen, um Kontakt mit der Zentrale aufzunehmen und alles durchzugeben.
»Halten Sie an und lassen Sie die … äh … die Bullen herankommen«, rief der Kommissar ins Mikrophon.
»Im Zweifel lassen Sie sich festnehmen. Sie sind ja nur Befehlsempfänger!«
»Richtig, Chef. Haben Sie Kasparczek erwischt?«
Consilius wollte vorstürzen, um Rübenach das Mikrophon wegzunehmen, aber der legte dem dicken Mann die flache Hand auf die Brust und hielt ihn sich ohne Mühe vom Leib.

»Ja, der liegt erst mal auf Eis!« sagte Rübenach.
»Ich halte jetzt an!«
»Und?« fragte Rübenach gespannt.
»Der Wagen fährt vorbei. Ich glaube, er hat es gar nicht auf mich abgesehen!«
Die Stimme klang unglaublich erleichtert.
Pit wunderte sich, warum Pfefferkorn nicht erkannt hatte, daß er mit einem anderen sprach. Aber auch Pfefferkorns Stimme klang so verzerrt, daß man ihn nicht leicht identifizieren konnte.
»Okay«, sagte Rübenach langsam, »warten Sie noch ein paar Minuten und wenn dann die Luft rein ist, fahren Sie weiter. Ende!«
Er hängte das Mikrophon ein und wandte sich wieder Consilius zu.
»Das Gespräch war eigentlich für Sie bestimmt, nicht wahr?«
»Ich sage erst wieder etwas, wenn ich meinen Anwalt gesprochen habe.«
»Na gut«, antwortete Rübenach, »dann nehmen wir Sie mal vorläufig fest und bringen Sie ins Untersuchungsgefängnis. Auch Herr Kasparczek wird uns begleiten.« Rübenach sah den Exboxer an. »Schade, Sie waren ein so guter Mann im Ring.«
Kasparczek sah zu Boden und antwortete nicht.
Der Kommissar schickte vier Beamte zu dem Gehöft, um eventuelle Spuren zu sichern. Zwei weitere kümmerten sich um den Lastwagen. Er selbst fuhr mit zwei Beamten und den beiden Verhafteten in einem VW-Bus zurück.
Herr Bergemaier hatte sich ein wenig zurückgezogen und einen kleinen Notizblock mit Stenogrammzeichen gefüllt. Der Artikel für den nächsten Tag war schon so gut wie fertig, als Feuervogel, Frau Küster und Pit neben ihn traten. Er sah auf. »Fährst du wieder mit mir, Pit?«
»Wo ist überhaupt Jonny?« fragte Frau Küster.
»Ach, Jonny, der liegt hinten im Auto und schläft!«
Tatsächlich hatte Jonny von der ganzen Geschichte nichts mitbekommen.

Pfefferkorn hatte zwei Minuten am Straßenrand gewartet. Dann war er wieder angefahren. Aber als er nach zwei Kilometern zu seiner heimlichen Müllkippe abbiegen wollte, stand da ein Streifenwagen quer. Das Blaulicht begann zu kreisen. Zwei uniformierte Beamte hatten rechts und links neben der Straße Aufstellung genommen. Jeder hatte eine entsicherte Maschinenpistole unter dem Arm.
»Okay, okay«, sagte Pfefferkorn leise, »ich bin ja nicht lebensmüde!«
Er stieg aus und ging mit erhobenen Händen auf die Beamten zu.
»Wie habt ihr mich gefunden?« fragte er.
»Zum Glück gibt es Funk!« entgegnete einer der beiden Polizisten.

Ein Brief an Arnica

Ein paar Tage später – an einem sonnenwarmen Nachmittag – saßen sie in Peppers *Grüner Idylle:* Pit und seine Mutter, Jonny mit seinen Eltern, Frau Scheringer, Feuervogel und Paul Pepper. Sie hatten gerade einen langen Brief an Arnica aufgesetzt, und Frau Scheringer las jetzt noch einmal vor:

Liebe Arnica,

wir freuen uns alle sehr, daß es Dir besser geht. Im Augenblick sitzen wir in der Grünen Idylle und denken ganz fest an Dich.
Das Malheur, das Deinen Unfall ins Rollen gebracht hat, scheint abgeschlossen zu sein. Die Polizei

hat von einem der Täter Hinweise auf insgesamt sechzehn illegale Giftlager bekommen. Aber nun mal schön der Reihe nach:
Consilius ist der Kopf der Bande. Er hat schon vor Jahren Kasparczek entlassen, nachdem ihm klargeworden war, daß er ihn für seine finsteren Pläne gut gebrauchen kann.
Dann hat er sich wieder bei Kasparczek gemeldet, aber nur brieflich und über Telefon mit verstellter Stimme.

Kasparczek wußte nie, mit wem er es zu tun hatte. Das Gleiche gilt für Pfefferkorn. Sie erhielten ihre Befehle schriftlich oder übers Telefon. Das Geld schickte Consilius postlagernd an sie.

Offensichtlich hat Consilius seinen beiden heimlichen Mitarbeitern vor allem eingetrichtert, daß sie sich vor Consilius in acht nehmen sollten – so perfekt hat er seine Doppelrolle gespielt. So konnte der dicke Consilius immer die Fassade eines anständigen Unternehmers wahren. Schon seit Jahren brachte er die Giftmüllfässer nicht mehr zu den dafür ausgewiesenen Endlagern. Er sparte sich die ungeheuer hohen Gebühren, die dort zu zahlen sind, fälschte die Papiere und grub die Fässer im Wald ein oder ließ sie in Seen und Flüssen versenken. Die Fässer wurden auch nicht mehr im Lager am Stadtrand gestapelt, sondern in einem entlegenen Gehöft.

Das Lager im Bergner Wald, auf das Du gestoßen bist, war das älteste. Deshalb waren die Fässer auch schon so weit durchgerostet. Zum Glück sind die Fässer, die man jetzt noch entdeckt hat, in besserem Zustand, so daß eine Verseuchung der Erde nicht zu befürchten ist.

Seine Aufträge bekam Consilius übrigens von einem gewissen Herrn Hahnisch von den 'Regener Chemiewerken'. Hahnisch hat eines Tages eine Stichprobe gemacht und festgestellt, daß Consilius die Fässer nicht ordnungsgemäß ablieferte. Consilius hatte ihm daraufhin eine große Summe bezahlt und ihn so zum Schweigen gebracht. Hahnisch war deshalb

in den letzten Wochen ungeheuer nervös. Er wußte ja, daß er mit auffliegen mußte, wenn Consilius überführt würde. Deshalb hat er sich wohl auch abgesetzt, nachdem sein Versuch gescheitert war, Consilius durch eine Bombe auszuschalten. Die Polizei konnte ihn bis jetzt noch nicht finden.
Kasparczek hat immer wieder versucht, herauszubekommen, wer der geheimnisvolle Chef im dunkeln war. Das war auch der Grund, warum er nachts in das Büro eingebrochen ist, nachdem er die Hunde mit einer Betäubungspistole eingeschläfert hatte, die von seinem Bruder stammte. Der Bruder ist Oberwärter im Zoo und hat die Raubtiere zu betreuen. PP und die Alte werden Dir beim nächsten Besuch genau schildern, wie sie mit Kasparczeks Bruder und dem Löwen Simba fertig geworden sind.
Gesucht wird übrigens noch ein Freund von Kasparczek, der in der Nacht des Einbruchs dabei war und auf PP geschossen hat.
Der Fall ist also geklärt. Morgen wird in der

Zeitung ein großer Bericht von Jonnys Vater stehen. Rübenach wird dabei mehr Lorbeeren ernten, als ihm zustehen. Aber wir sind alle der Meinung, daß das ein geschickter Schachzug ist, weil er dann vielleicht nicht mehr so ablehnend gegen uns ist...

»Das würde euch so passen!« donnerte eine tiefe Stimme hinter der großen Fichte, die am Eingang zum Garten stand. »Ich habe jedes Wort verstanden!«
Rübenach kam hinter dem Baumstamm hervor. Er trug einen gewaltigen Geschenkkorb vor sich her und setzte ihn auf dem runden Eisentisch ab. »Was ist denn das?« fragte Pepper.
»Sieht man doch!« antwortete Rübenach brummig, »ein Geschenkkorb von Ihren alten Kollegen aus dem Präsidium.«
»Und Rübezahl persönlich liefert ihn ab. Das ist fast zuviel der Ehre«, sagte die alte Frau Scheringer augenzwinkernd.
»Ne, ne, ne, lassen Sie mal«, entgegnete Rübenach und setzte sich, »das muß man Pepper ja lassen, er hat sich hervorragend in diesem Fall geschlagen, obwohl keine Belohnung ausgeschrieben war.«
Er betonte das Wort ›ausgeschrieben‹ so seltsam, daß ihn alle in der Runde fragend ansahen.
»Na ja«, fuhr er fort, »die ›Regener Chemie‹ hat sozusagen im Nachhinein eine Belohnung ausgeschrieben, die an euch alle gehen soll. Man ist dort natürlich froh, daß der Fall so schnell gelöst wurde und daß man dadurch die Möglichkeit hatte, noch größeren Schaden zu vermeiden. Genug Schaden ist ja schon angerichtet!«
Frau Küster schenkte eine Tasse Kaffee für Rübenach ein. Sie

saß ganz dicht bei Feuervogel, der einen Arm um ihre Schultern gelegt hatte.
Jonny stieß seinen Freund Pit in die Seite und sagte: »Wir sollten den Brief an Arnica vielleicht um einen Satz erweitern!«
»So?« fragte Pit, »sollen wir hineinschreiben, daß du im entscheidenden Augenblick eingeschlafen bist?«
Jonny schüttelte den Kopf. »Wir sollten erwähnen, daß unser lieber Pit Gefahr läuft, einen Stiefvater zu bekommen!«
Jonny hatte zwar leise gesprochen, aber Frau Küster und Feuervogel hatten es doch gehört. Sie hoben ihre Köpfe, die beide von einem tiefen Rot überzogen waren.
Rübenach griff nach seiner Kaffeetasse und sagte schnell: »Na, denn Prost und auch künftig auf eine gute Zusammenarbeit!«

Frau Scheringers Kiosk
Bungalows
hier wohnen
Amica
und
Jonny
Hochhaus in dem Pit wohnt
Verkehrsstrasse
Nussbaum
Nussbaum